小学館文庫

その手をにぎりたい

柚木麻子

小学館

その手をにぎりたい

柚木麻子

一ヅケ　1983年6月6日

1

高級鮨店《すしてん》のカウンターに座るのは、二十四年間の人生で初めての経験だった。

本木青子《もときせいこ》は改めて店内を見回し、マニキュアを落としてきて正解だった、と安堵《あんど》する。一時間前、社長の近藤《こんどう》が今夜自分のために予約したのが鮨屋と知るやいなや、同僚の幸恵《ゆきえ》から除光液を借り、ロッカールームで拭《ぬぐ》い落としたのだ。誰かに教えてもらったわけではないが、生の魚と飯を直《じか》に指でつまむわけだから、爪《つめ》に色がついているというのがなんとなく憚《はばか》られた。遊び好きな幸恵は会社のロッカーに、パンティストッキングから夜遊び用のツーピースにハイヒール、何人ものボーイフレンドの好みに合わせた香水各種を揃《そろ》えていることで有名だ。

とにかく、会社用の比較的控えめなベージュのマニキュアでさえ不潔に思われるほど、「すし静」は隅々まで手入れの行き届いた清冽《せいれつ》な印象の店だった。調度品は「握」と力強い筆跡で書かれた額縁ただ一つと潔い。一輪挿しに活《い》けられた花しょうぶまでが凜《りん》と頭をもたげている印象だ。ほんのりと鼻をくすぐる酢の香りに体の澱《おり》まで流されていく気がする。芸術品さながらのすべすべした白木のカウンターは全部で十席。

中央の青子と近藤を挟むように、会話の内容からいって不動産関係らしきサラリーマン三人組、ホステス風の美女と客らしき中年男のカップル、一番隅の席には白髪の老人が一人座っている。奥にお座敷が二つあるようだ。銀座の一等地にひっそりと佇《たたず》むこの小さな店は、近藤いわく「創業四十年」「予約をとるのが大変」な「知る人ぞ知る名店」とのことだった。

青子が臆《おく》することなく背筋を伸ばせるのは、こうして夜の銀座で贅沢《ぜいたく》することも、上司にお鮨をご馳走《ちそう》になることも、これが最初で最後だろう、と知っているせいだ。ならば、すべてをよく目に焼き付けておこう。そう心に決めたら、気が楽になった。お運びの少年が差し出した湯のみは、思わず頬がほころぶようなふっくらした味わいの新茶だった。

「さ、なんでも好きなものを頼んでいいよ。今日はね、僕と君だけの送別会だから」

右隣に座る近藤が、ビールで早くも赤くなった顔をこちらにぐっと寄せた。熱い息が押し寄せ、かすかに腰をずらして遠ざけながら、青子は視線を泳がせる。どうやって注文すべきかわからない。鮨ネタを陳列したガラスケースもなければ、お品書きもないのだから。カウンターの向こうには、大将らしき初老の男とまだ若い職人が、時折客の会話に相づちを打ちながらも、さりげなくこちらの出方をうかがっている。若い職人の方とふいに目が合う。ナイフで果物をきりつけたような鋭い一重にぞくりとした。やはり自分のような娘が来るべき場所ではなかったのかもしれない、と思うと身がすくむ。カウンターの向こうから見れば、年上の男に奢《おご》られている自分の姿は、隣にいるホステスとそう変わらないのかもしれない。先ほどから彼女は、イタリアンスーツの中年男の腕にしなだれかかって、甘ったるい声をあげている。

「わあっ、私、トロが食べたいなあ。トロ、トロ、トロ〜」

「ああ、好きなだけ頼めよ。ミキちゃん」

長い髪を赤い爪でもてあそぶ仕草に、同性としてかすかに不愉快になる。青子は思わず胸元のメルローズのスカーフを抜き取ると、肩に届く長さのたっぷりした黒髪を一つにまとめた。そんなことで自分と「ミキちゃん」を線引き出来るわけはないのだけれど。

とてもじゃないが、上司相手にあんなねだり方は出来ない。知っている鮨ネタだって数えるほどだ。ここは大人しく社長のリードに従うべきだろう。そもそも、お鮨を食べるのは何年ぶりだっけ。そう、母の通夜で弔問客らに出前を振る舞って以来——。

「すみません。私、お鮨屋さんに来るのって初めてなんです」

「え、そうなの?」

「ええ、実家のある栃木って山に囲まれてて、そもそもお鮨を食べる習慣があんまりないんです。苦手っていうわけじゃないんですけど、生の魚に慣れていなくて……。申し訳ないんですが、社長にすべてお任せしてもよろしいでしょうか？」

　この言葉は、教えたがりの近藤をいたく喜ばせたようだ。戸惑っている青子を愛《いと》おしげに見つめ、紺色のツーピースの上から太ももをぽんと叩《たた》く。その仕草に性的なニュアンスは感じられないが、眉《まゆ》をひそめたくなる。今夜限りの辛抱だ、と自分に言い聞かせた。

「この子はねえ、今時めずらしい真面目《まじめ》な子なんだよ。栃木の大きなかんぴょう農家のお嬢さんでねえ」

　若い職人がちらりとこちらを見た気がした。

「え、かんぴょうですか。すぐにお出ししましょうか……」

　大将がこちらに顔を傾けたので、青子は慌てた。

「そんな、お気遣いなく。あの、とにかくお鮨と言えばお稲荷《いなり》さんかかんぴょう巻かちらし寿司くらいしか知らなくて……」

「ほら、スレてなくて、可愛《かわい》いでしょう。今月で辞めるんでねえ、一度くらい本当に美味しいものをご馳走してやろうと思ってね」

近藤は自慢気な口調で大将や客にも聞かせるようにして、こちらの肩に手を回す。べったりした髪質のごま塩頭に、いつも笑っているため真意をはかりかねる四角い顔。五十歳を少し過ぎた彼は、小さな家具メーカーを一代で興しただけのことはあり、愛想がよく社員への面倒見もよいのだが、あいさつ代わりのスキンシップがとにかく多い。女子社員に疎まれがちで、まともに相手をしているのは青子ぐらいのものだった。

栃木の女子大を出て上京し、近藤の会社の経理部で働いて三年目になる。どうせ上京するのなら、もっと大きなところを受けてもいいのに、とまだ元気だった母が残念そうだったのを思い出す。親元から一歩も出ることなく、婿養子をとって家と畑を守り続けた母は、自分があきらめた人生を娘に託すところがあった。末っ子気質のためか、青子は競争がなによりも苦手だった。幼い頃から優等生ではあるものの、どの分野でも一番になったことはない。上京したのも強い意志があってではなく、独身時代に都会で暮らしてみたかっただけのことだ。

「まあ、女の子はクリスマスケーキと同じだからねえ。来月で二十五歳だろう？　故郷に帰ってお父さんのすすめでお見合いするのは、きわめて賢明な判断だと思うよ。君みたいなきちんとしたお嬢さんの独身時代を預からせていただいて、光栄だったよ。うん」

気の優しい父を説得すればこのまま実家に帰らないことも可能だが、そうまでして東京に固執する理由も見当たらない。母亡き後、父の面倒をみていた姉が結婚した今、そろそろ親孝行に専念すべきなのだ。ボーイフレンドもいるにはいるが出会ってそろそろ二年になるというのに、なんら行動を起こさない。それを恨めしく思うほど、こちらとしても強い気持ちがあるわけではない。とにかく自分なりに十分、都会を楽しんだ。なんとか自活し、ユーミンの歌詞か林真理子の『ルンルンを買っておうちに帰ろう』に出てくるような世界も少し覗《のぞ》けた。思い残すことは何もない。寂しさよりも達成感が勝っている。

「じゃ、まずはヅケ二つね」

　と近藤は呼びかけた。若い職人は「へい」と小さくつぶやき、カウンターの向こうから客の方向にむかってゆるやかな傾斜を描く白木を横にずらし、銀色の小さな容器を取り出した。そんなところにネタが仕舞ってあるのか、からくりみたい、と青子は目を丸くする。

「ヅケって……？」

　職人は、ややくぐもった低い声で淡々と応《こた》えた。

「江戸前鮨を代表する握りですよ。江戸時代は冷蔵庫なんてありませんでしたから。

とれたての鮪《まぐろ》は醤油《しょうゆ》に漬けて、保存性を高めたんです。うちでは湯通ししたものを二日間、醤油に漬けております」

せっかくの鮪を醤油にひたしてしまうなんて、内陸育ちの青子にはもったいない気がする。

職人は、容器から醤油のしたたる切り身をまな板に載せ、光る包丁をすべらせる。外側は白っぽいのに、切り身の断面の中心はどっぷりと赤黒く沈んでいた。職人は左手にネタを取り、おひつから米をすくいとると、まるで舞うような手つきで軽やかに握った。見とれるような鮮やかさで、わずか数秒間の出来事だった。あまりにも動きが素早いものだから、何もない手の中から突然、鮨が生まれたように感じられる。

作業中も表情が変わらないところを見ると、職人のむっつりした顔つきは怒っているのではなく、生まれ持ったものらしい。黒々とした短髪と白衣が、中肉中背ながら精悍《せいかん》で引き締まった体つきを引き立てている。首から胸元までがむき出しになっていて、一つ動作を終えるごとに大きな喉仏《のどぼとけ》がぐるんと動く。決して美男子ではないのに目が離せないのは、男であることをもてあましているようなどこか所在なげな佇まいのせいかもしれない。周囲にはいないタイプだった。

「ヅケの握りでございます」

職人が手のひらに握りを載せ、こちらにすっと差し出した。大きな手の中で、鮨はとても小さく見えた。青子は首を傾《かし》げて、その一重の目を見つめ返す。

「ほら、職人さんの手のひらから直に受け取ってごらん」

近藤の言葉に驚いて、鮨と職人を見比べる。お鮨を直に手から手へ——。そんな接客、聞いたこともない。職人がうなずいた。

「一番美味しい状態で食べていただくための工夫なんですよ」

「工夫……」

「うちの舎利はふんわりと握っております。そのため、硬い場所に置くとわずか数秒でネタの重みで舎利が沈んでしまうんです。お客様はお話に夢中になることが多いですが、こうして手から手に受け取れば、自然とすっと口へと運ばれますでしょう。握りたてをすぐ召し上がっていただくための当店独自の工夫なんです」

意外なくらい熱心な語り口に引き込まれた。彼の手にちょこんと載った鮪は、光の加減のせいかルビーのような輝きを放っている。青子は神々しいものに触れる気持ちでそっと手を伸ばした。職人の濡《ぬ》れた手のひらに、こちらの指の腹がかすかに触れる。思わずぞくっと身震いしてしまうほど冷たい。見れば、指先まで痛々しいほど赤く染まっている。何度も何度も水をくぐり、極限まで冷やされているのだろう。爪はこれ以上ないところで短く切り揃えられ、酢や塩で痛めつけられたのか指紋は非常に薄い。鮨を握るためだけの手——。これほど清潔な男の手に触れるのは初めてかもしれない。なんだか自分がひどく薄汚れて思え、触れてはならない気さえしてくる。鮨を取るなり即座に手を引っ込めた。

それにしても、人の手から直に食べ物を貰《もら》うなんて、何年ぶりか。幼い頃、母の手のひらから受け取った手作りのおやつを思い出す。お焼きに揚げたてのドーナツ、さつまいもの天ぷら、そしてかんぴょうの海苔《のり》巻き。人から人に食べ物が渡る光景はなんと穏やかで幸福なのだろう。そこに確かな信頼関係がなければ成り立たない。青子の胸はほんのりと温まる。醬油を探すが見当たらなかった。

「そのままお召し上がりください」

「あ、そうか、ヅケでしたね」

待ってましたと言わんばかりに、近藤が身を乗り出す。

「江戸前の鮨はね、一つ一つに仕事がしてある。ここじゃほとんどのネタに醬油をつける必要はないんだよ」

少し黙っていてもらえないか、と青子はかすかに苛立《いらだ》つ。せっかくのご馳走に集中できないではないか。心を静めようと、軽く肩を落とし、呼吸を整える。客の会話が次第に遠のいていった。

鮨を口に運び、青子は思わず目を閉じる。経験したことのないドラマが口の中で起きている気がした。なんだろう、なんだろう――。ねっとりした質感の冷たいヅケを噛《か》み切るこの心地良さ。酢の風味、硬く炊かれた米のくっきりとした甘み、ひんやりと醤油が芯《しん》まで染みこんだ鮪。それらがとろけて一体となり、喉から鼻に風味が抜け、体中に染みこんでいく。めまぐるしい心の動きに、青子は自分でも付いて行くことができず、茫然《ぼうぜん》としてしまう。言葉もない、とはこのことだ。

「お口に……、合いませんでしたでしょうか？」

ふと気付けば、職人さんが大真面目な顔でこちらを覗き込んでいる。射貫《いぬ》くような真剣さに、咄嗟《とっさ》に舌が動かない。

「こら、なんて顔して乗り出してやがるんだ。お嬢さんが怖がってるだろうが」

大将が割り込んでくる。厳しい顔つきがくずれ、長年の客商売で呼吸するように身につけたであろう、温和な笑みを浮かべた。

「すみませんね。腕はいいんですけど、無愛想なやつで。接客が満足に出来るようになるまで、店は譲れませんよ」

「へえ、大将がお店を譲ってもいいだなんて彼、若いのにたいしたもんだ！」

サラリーマンの一人が感心したように叫んだ。青子はようやく口を動かすことが出来た。

「ごめんなさい……。あの、こんなに美味しいものを食べたの、生まれて初めてで。なんだか、びっくりしてしまって」

職人の細い目が一瞬、見開かれる。丸い黒目が小犬のようだ。聞き取れないほどの声で、ありがとうございます、と彼はつぶやいた。

とっくに鮨を咀嚼《そしゃく》したはずなのに、今なお指先にまで美味がじわじわと浸透していくようだ。青子はほうっと一つため息をつく。鮪を醤油に漬け込んでしまうのはもったいないように思えたが、ヅケにすることで舎利とよくなじむ。鮪の美味しさをこれ以上引き出す調理法はないのかもしれない。くさみはまったくなく、喉をすべる時のみ、かすかに鉄の香りが立ち上った。そう、鮪特有の血の味。当たり前だが、一つの命を取り込んだのだ、と初めて気付く。いかにいい加減な気持ちで食事をしてきたのか、いや、いかにいい加減に生きてきたのかを突きつけられ、ぎくりとする。

生魚を食べる習慣がないばかりではなく、今までそれほど鮪を好きではなかった。鉄っぽい味わいが苦手だった。はっきりと避けるようになったのは、二年前の母の通夜からかもしれない。母の遺影の前だというのに、平気で土地や相続の話で盛り上がり、鮨の出前にはしゃぐ親戚《しんせき》に嫌悪感を覚えた。鮨桶《すしおけ》の中でひからびていく鮪は、死化粧を施した母の唇を思わせ、食欲が失《う》せていった。ああ、あれからだ。鮨を好まなくなったのは。黙って考え込んでいる青子を見て、近藤はますます得意げだ。

「あはは、ういういしいねえ。そりゃそうだろう、ここの鮨は東京一だから。よかったねえ、東京を離れて実家に戻る前に最高の経験が出来て」

隅の席に座っていた老人がこちらを見た。

「ほう。故郷に帰られるんですか。東京はどうでしたか?」

店中の人間が青子の言葉に耳を傾けている。正直に打ち明けるしかなかった。

「あの、ええ、とても楽しかったけれど、水族館みたいだなあって思ってました。綺《き》麗《れい》な人達がひらひらしてて、いつも夢を見ているみたいで、でも、どうしても自分が参加している気になれなかった……」

「じゃあ、ご実家に帰れてなによりですね。きっと故郷の水では生き生き出来るでしょう」

と、大将が微笑《ほほえ》む。これほど格調の高い店で、丁寧に接してもらえることに驚いてしまう。きっと青子を気後れさせまい、と皆で気を遣ってくれたのだろう。来月には帰っているはずの栃木の地元を思い浮かべる。本当にあの町は自分の居場所なのだろうか。もちろん生まれ育った場所や家族を愛してはいる。でも、どんな場所に居ても常にかすかな疎外感を味わっているのが、自分という人間だった。大学時代に交際した男にも、

――青子ちゃんってさ、楽しそうに見えても、すっごい冷めてるよね。時々こわくなるよ。みんなが騒いでいても、絶対にノるってことがないんだもん。

と、評されたことがある。老人が大将に呼びかけた。

「塩むすびとお新香をいただこうかな」

「はいよ」

耳を疑って、老人を見つめた。鮨屋でおむすびが頼めるのか――。しばらくして、大将がさっとおむすびを結び、漬け物と一緒に小皿に載せて差し出した。遠目からでも米の一粒一粒がつややかに光っているのがわかる。老人は両手をこすり合わせると、さも美味しそうにかぶりつく。

「鮨職人の腕が一番よくわかるのはね、ただのおむすびだと、僕は思ってるんだよ。もうそんなにたくさんは生の魚を食べられない体だからね」

まるでこちらの心を読み取ったかのように、老人はそう言って微笑んだ。そんなにじろじろ見てしまったのか、と青子は赤くなってうつむいた。

「礼儀知らずだってことはわかってるよ。何年も通い続けようやくわがままを聞いてもらえるようになったんだ。いや、ただの塩むすびがこれほどうまいとはね。結び方、塩加減、口にいれたときふんわりと米がほどけるこの感覚。いやあ、こたえられないよ」

そう言って彼は大将に笑いかける。大将はやれやれといった顔つきで、それでも口元をほころばせている。青子はうらやましくなった。あの塩むすびは決してお金では買えない。二人が何年もかけて築きあげた信頼関係のあかしなのだ。

目の前の職人がぽつりと言った。

「それじゃ、今夜はあなたにとって東京最後のお鮨なんですね」

突然、胸がしんとした。もうこの店に来ることもない、彼に鮨を握ってもらうこともない。さっきまで他人だったのに、彼をこんなに近しく感じるのは、手から手に受けた鮨のせいだろうか。

「残念です。だって、あの……。もう少しすると新子《しんこ》がうまくなる季節なのに……」

真面目な言い方に、カウンターでどっと笑いが起きる。青子は目を見張る。いや、この人は心の底から自分に新子というものを食べさせたがっているのだ。そして、青子もまた、彼の握る新子を食べてみたいと強く思った。

白木のカウンターを挟んで、二人はほんの少しの間見つめ合った。

2

海苔の巻かれていないふんわりとしたウニの握り、醬油をつけずに山葵《わさび》だけで食べるネギトロ巻き、柚子《ゆず》風味に味付けしたやりいか……。あの日から、青子は「すし静」で口にした鮨のことばかり考えている。大好物のピザやドリアにまったく興味を引かれなくなった。それほど食い意地の張った人間ではないはずなのに。

少し前まで、東京に未練はないと思っていたのに、何か大きなやり残しが生まれたように思うのは気のせいか。ああ、お鮨が食べたいなあ、とつぶやいたら、幸恵がたちまち身を乗り出した。退社する三日前のランチタイムだった。二人はいつものように買ってきたお弁当を休憩室の片隅で食べていた。

「そんなもん、あたしのファンにおごらせようよ。よし、今夜に決定。お昼休み終わったら、やつの会社に電話してみるね。あんたの送別会も兼ねて」

「悪いよ。だって高田《たかだ》君は幸恵に夢中なんだから。私の分まで払わせるのは」

「じゃあ、川本《かわもと》君も呼んでダブルデートにする？　それなら問題ないでしょ？」

広告代理店の営業担当である高田君と川本君は幸恵の大学の同級生で、呼べば飛んできてご馳走してくれる遊び仲間だ。先々月、開業したばかりのディズニーランドもこの四人で出かけたくらい仲が良い。川本君とは二人きりで会うこともあるし、告白めいたことを何度かされた気もするが、決してボーイフレンドの域は出ない付き合いだった。

「悪くなんかないよ。私達みたいな可愛い子におごれるだけで、男は幸せと思わなきゃ。青子って変わってるぅ。美人だし、そこそこいいセンいってるのに、うまく活用しないなんて、もったいない」

東京育ちで実家住まいの幸恵は、顔が広くお店に詳しい。この三年で、カフェバーやディスコ、名のあるレストランなど華やかな場所にたくさん連れて行ってくれた。

「にこにこしてるだけでいい思いが出来るのって、あと一、二年じゃない。その間、思いっきりもとをとらないと、残りの人生がもったいないでしょ。自由を満喫しないと。お嫁にいった時に後悔しても遅いじゃん」

自由——。いつもの幸恵の口癖なのに、青子は何故か引っかかる。私達には価値がある、財布を出さないことこそステイタスである、と幸恵は主張する。しかし、青子にはかえってそのせいで、本来あるはずのたっぷりした自由を根こそぎ奪われている気がしてならない。本来の自由というのが、どんなものか、上手《うま》く説明はできないのだが。

その夜、高田君と川本君は、六本木にある高級鮨屋に青子達を連れて行ってくれた。いつもお洒落《しやれ》な高田君は、ここぞとばかりに仕立てのよい麻のスーツに身を包んでいる。「すし静」と違い、色とりどりの切り身がガラスケースの中に陳列されていた。

「ここ、接待でよく使うんだ。まるで小さな芸術品みたいな鮨なんだよ」

高田君の解説を、青子はいつものようににこやかに聞き流す。彼のうんちくは皆、グルメ雑誌に書いてあることそのままなのだ。高田君はおまかせを注文し、四人はカウンターに横並びして、同じものを同時に口に運ぶ。ネタはそう悪くない。青子はこの間と比較し、冷静に判断する。しかし、舎利の力が到底およばない。米の質はもちろん、酢飯の味付け、なにより握り方が徹底的に違う。こちらが咀嚼が必要な米の固まりなのに対して、「すし静」のそれはふんわりとほどけるのだ。口に含んだ瞬間、まるで蓮《はす》の花が開くように、舎利が小さな風を広げるのだ——。鮨をいちいち醤油に付けなければならないのも、もはやひどく野暮に思えた。職人の指からぽんと口に放《ほう》り込まれるような「すし静」で味わうやみつきになりそうな贅沢さ、怠惰な歓《よろこ》びといったら……。いけない、たった一度カウンターに座っただけなのにいっぱしの食通気取りの自分に気付き、青子は恥ずかしさに汗を滲《にじ》ませる。

「へえ、青子ちゃん、銀座の『すし静』に行ったんだ。女の子は得だよなあ。おたくの社長、ふとっぱらだなあ！」

普段は無口な川本君が派手な声をあげ、幸恵は顔をしかめた。

「ウッソー、ケチで有名だよ。青子はお気に入りだから誘われただけだって」

「ねえ、そんなに高いお店なの？」

「座るだけで三万円って言われてるよ」

青子は息を呑《の》む。自分の力で行くのは到底無理だ。東京最後の夜は、思い切って奮発して一人で「すし静」に行こうかな、と思っていたけれど、これはあきらめるしかなさそうだ。値段を知った途端、胸がざらつくのは何故だろう。近藤はあの夜、別れを惜しむというより、青子の圧倒的優位に立ち、力を誇示しようとしただけのような気がする。そんな見栄《みえ》のためにあの店を使って欲しくない。幸恵はいい加減、青子に話題を独占されるのに飽きたようだ。会話を断ち切るように言い放つ。

「もー、いいじゃん。最後なんだし、向こうがおごりたがったんだから。そうそう、これから景気はどんどんよくなるんだし、消費は出来る人がどんどんしなきゃ」

彼女の言う通りだった。新聞によれば、原油価格の低下や米国経済の復調によって輸出が増え、今年はようやく経済回復基調に入ったと言われている。「すし静」で出会った羽振りのよさそうな不動産関係者をふと思い出した。

店を出ると自然と男女はそれぞれペアになる。高田君と幸恵はまだ飲み足りないらしく、乃木坂《のぎざか》の方に消えて行った。

「明日は、会社の送別会なの。だから、もう帰るね。元気で」

タクシーをつかまえようとした青子の手を、川本君はすばやくつかんだ。驚いて彼を見ると、薄闇《うすやみ》の中、かすかに目が潤んでいるのがわかる。

「もう青子ちゃんに会えないと思ったら、なんだか、俺……。このまま東京に残ることは出来ないかな。俺、将来のこと真剣に考えるつもりだよ」

とうとう、言った――。煮え切らない彼に苛立った夜も確かにあった。しかし今、青子の心は少しも動かされない。何故なら、川本君の手は薄くてやわらかだったのだ。じっとりと熱を帯び、女のようでもある。どうしても、あの職人さんのそれと比較してしまう。もし、川本君とこのまま交際したらどうなるのだろう。羽振りのいい彼のことだ。月に何度かはさっきのような鮨屋に連れて行ってくれるだろう。ねだれば「すし静」でご馳走してくれるかもしれない。いずれは外資系ホテルで結婚式をあげ、新婚旅行はオーストラリア、都内にマンションを買い、子供を二人作る。そうなったらワゴン車を買い、ファミリー向けの回転鮨に家族で出かけたりするのだろうか。まったく胸がときめかなかった。青子が食べたい鮨は、あの職人と一対一で向かい合い、手から手へと渡されるあの味でしかないのだ。

「嬉《うれ》しかった。ありがとう」

青子は出来るだけ、なんでもなさそうな調子で微笑み、やんわりと手を解いた。

「ちょっと考えさせて。今日はもう帰る。少し歩きたいから、ここで。おやすみ」

不安そうな彼を残し、ハイヒールを鳴らして歩き出す。どうせちょっとした気まぐれなのだろう、とは思うものの、川本君の言葉はやはり嬉しかった。夜の六本木通り沿いを暖かい夜風が吹き抜けていく。かすかに白木のかおりがするのは気のせいだろうか。夏はすぐそこまで来ている。東京に来て、初めて自由を感じた。このまま夜《よる》中《じゅう》歩いて、洗足池《せんぞくいけ》の自宅アパートまで帰ってもいい。どこまでも行けそうな気がした。

今夜、ようやくわかった。ご馳走してもらうのは、青子の性分にあわないのだ。本当に美味しいものはたった一人で集中して味わいたい。青子にとっての贅沢とはそういうことだ。男達にお姫様扱いされても、どこかで心が満たされなかった原因がやっとわかった。

東京に残ろう、と決めた。ちゃんと話せば父も理解してくれる。今度はもう少し給料のいい会社に「とらばーゆ」しよう。三ヶ月に一度、いや半年に一度でもいいから、「すし静」に通えるだけの収入を自力で得る。時代は変わり始めている。女だって努力すれば、一人でだってあのカウンターに座れるはずだ。わからないことはあの職人に聞けばいい。勉強は得意だ。誰に気兼ねすることなく、好みのネタを注文しよう。そうやって少しずつでも通い続ければ、何年かかるかはわからないけれど、いつかはあの老人のように「常連」になれるかもしれない。そうしたら、彼のようにちょっぴりわがままな注文をしよう。注文だけで青子とわかるような自分らしいわがまま。それこそが、未《いま》だに味わったことのない本物の自由の味なのかもしれない。

ああ、もう一度あの人の握ったお鮨を食べたい。想像しただけで口の中が潤ってくる。氷のように冷たく濡れていて、それなのに芯が燃えている、たのもしく分厚いあの手にもう一度だけ触れたい。東京に来て、初めて感じた人のぬくもりだったのかもしれない。鮨が恋しいのか、彼が恋しいのか、今の青子には判断がつきかねる。たかが、鮨ごときで、生き方を変えてしまうのはおろかなことだろうか。しかし――、母なら賛成してくれる気がした。

これから新子が美味しい季節になると言っていた。食べたことはないけれど、彼がすすめるのなら、是非試してみたい。色々な味や調理法を覚えて、自分なりの注文が出来るようになろう。同時に、自分という人間の好みもたくさん知ってもらいたい。無口な彼と少しずつ理解を深める道のりを想像したら、いつになく胸が高鳴った。そして、いつかはあの老人と大将の間に流れていたみたいな、親密で穏やかな空気をまとう二人になりたい。

バースデーケーキのロウソクのように、目の前の東京タワーが輪郭を浮かび上がらせている。その光景は高校生の頃、大好きだったテレビドラマで見たのと同じままであることに、青子は初めて気付く。今日が本当の上京一日目なのかもしれない、と思うと、声をあげて笑い出したくなった。

二　ガリ　1984年5月15日

1

夜六時を過ぎると、芝公園のオフィス街に無数の灯《あか》りが浮かび上がる。それはまるで星空のようだ。真上にある本物の星々がネオンのまぶしさに負け、少しも輝いていないのが皮肉なところである。

このきらめきのうち一体いくつが、青子の勤める不動産会社の持ち物なのだろうか。昨年秋、中途入社したこの「野上《のがみ》産業」は従業員二百名、新興の中小企業ながら山手《やまのて》線の内側を中心にこれまで累計一万棟以上のワンルームマンションを建設している。

コピー機の前に佇《たたず》み、ぼんやりと外を眺めていたら背後で声がした。

「女の子に残業なんかさせられないよ。もう六時だよ。帰らなくちゃ」

振り向くと、青子が補佐を務める男性営業部員、大島《おおしま》さんが白い歯を見せていた。シャツだけの上半身がうっすら汗ばんで、鍛え抜かれた体の線を透かせている。学生時代はラグビー選手だったという彼は、がっしりした肩幅と大きな白い前歯が特徴だ。三十歳を前にして独身の彼は、男女問わず人気の高い、東京本部のエースだった。

「大島さん、お帰りなさい。お茶いかがですか?」

「あ、いいよ、いいよ。そんなもん、自分でやる」

こんな風に言ってくれる男性社員は珍しい。大島さんは給湯ポットの前に行くと、決して慣れているとは言いがたい手つきで煎茶《せんちゃ》を淹《い》れた。あっつ、とつぶやきながら、湯飲みに息を吹きかける。喉仏《のどぼとけ》を大きく動かして茶をすすりながら、こちらまでやって来た。

「営業戦略会議で使う資料、用意しておきました。あと十部コピーすれば終わりますから」

二人だけのがらんとしたオフィスを、ウィーンというコピー機の音と青い光が交互に遮った。ここのコピー機は、以前勤めていた家具メーカーにはない、縮小、拡大が簡単に行える十一段階装備の最新型だから、青子は使うのが楽しくて仕方がない。

「へえ、早いね。本木さんは計算が早くて、グラフ作りも正確だから助かるよ」

転職活動の傍ら、ワープロ教室に通った成果があらわれているのは喜ばしいことだった。大島さんに差し出した、出来たばかりの資料には、港区を中心にしたワンルームマンションの売り上げ推移が色分けで示されている。

「都心のワンルームマンション、どうして人気なんでしょうね。そんなに長く住めるような物件でもないのに……」

「でも、小金を持ったサラリーマンにとって、格好の不動産投資商品だからね。十パーセントの頭金で購入できるという手軽さがウケている。入居者の保証はうちが最低二年間は行うんだからね。それに、入居者にとっては利便性の良い好立地に住める上、周囲に自慢できる豪華さもある。管理体制も万全。これは住まいというより一種のステイタスだよ」

研修中、この資料に載っている建物のいくつかに青子は足を運んだことがある。確かに一人で暮らす分には十分だろうが、まるでワンシーズンで脱ぎ捨てられる運命のDCブランドのような、高い天井や収納の少ないロフト空間などの派手なつくりに疑問を覚えたものだ。

「住宅の数は世帯数をとっくに上回っているからね。ベビーブーム世代がこぞって持ち家を確保したせいで、住宅を買い急がなくなっている。おまけに土地はこのところ値上がりしない。誰も住宅ローンを背負ってまで戸建てを買おうと思ってない。市場は頭打ち。となれば、賃貸物件にますます人気は集まるだろう」

大島さんはふいに言葉を切ると、真面目《まじめ》な顔になった。

「ねえ、俺と一緒に、現場を回る気はない？　営業補佐なんてもったいない。本木さん、人当たりいいし、美人だし、きっと顧客にもウケがいいと思うんだ。昇進試験受けてみないか？」

　思いも寄らぬ誘いに、青子は目をしばたたかせた。一緒に働き始めてたった半年。こんな評価をされるなんて、予想もしていなかった。

「ありがとうございます。でも、私なんてとても……。前の会社でも、内勤の経験しかないですし」

「その気なら、部長に言っておく。ま、考えてみて」

　煎茶を飲み干すと、大島さんは咳払《せきばら》いを一つし、こちらの顔を覗《のぞ》き込むようにして、声のトーンを落とした。

「どう、この後、一緒に鮨《すし》でも？」

　大島さんは人の嗜好《しこう》を言い当てる能力があるのだろうか。鮨――。その言葉を聞いただけで、口の中がじわりと潤う。

　――本当に美味《おい》しいお鮨なら行ってもいいですけど、私の口はこれでけっこう、肥えてますよ。

　と、言ったらこの人、どんな顔するだろう。そんなことより、会社の金で食事をするのはあまり気が進まない。

「ごめんなさい。有り難いですけど、実はまさにこの後、お鮨なんです」

「へえ、彼氏?」

さらりとした口調だけど、確かに強い執着が滲《にじ》んでいた。彼のような目立つタイプに意識してもらえるというのは、そう嫌な気はしない。

「まさか、女友達とですよ」

身支度を整え、まだ調べ物をするという大島さんに頭を下げ、社を後にした。

三百メートルほど先にある、東京タワーに向かって歩き出す。大島さんの使った茶《ちゃ》碗《わん》はきっと朝まで彼のデスクにあるだろう。こびりついた茶渋はクレンザーでこすらなければなかなか落ちない。女性に協力的に見えても、そこまではとても気が回らないのだ。失望しているわけではなく、それが男の限界だと思う。

それにしても――。売る側も買う側も、常に損得が頭を離れない。住まいとは心と体を休める場所なのに、駆け引きが必ず渦巻いている。

誰も彼もが、なんという慌ただしい生き方をしているのだろう、と青子はため息をつきたくなる。もっと自分の呼吸に合わせて、暮らしを選び取れたら楽なのに。いや、そんな甘いことを言っている場合ではないのかもしれない。時代はどんどんスピードを上げているのだ。しかし、青子には今を生きているという実感がどうにも乏しい。グラフが描く上昇気流に、何故《なぜ》だか心がついていかないのだ。

何かを強く感じてみたい。それが激しい痛みなのか、めくるめく幸福なのか、今の青子にはよくわからない。

カウンターに向かって焼酎《しょうちゅう》を飲んでいた幸恵は、青子が「かつ鮨」の暖簾《のれん》をくぐると同時に、長い髪を振って振り向いた。流行《はやり》の太い眉毛《まゆげ》がはっきりした顔立ちによく似合っている。付け場で横並びしている五人の職人さんが軍隊よろしく「らっしゃい」と同時に叫んだ。その声の大きさと活気に、青子は慣れることが出来ない。

「遅いよ～、青子。一度自分の家に電話かけて留守電確認しちゃったじゃない。あれ、けっこう面倒なんだからね」

「ごめん。ごめん。上司が帰社してつかまっちゃって」

大げさに両手を合わせて、隣に腰を下ろす。新しい物好きの彼女は、鮨の食べ歩きを始めたい、と言ったら、快く付き合ってくれるようになった。渋谷駅にほど近いこの店はネタが新鮮で値段も安く、二人の最近の行きつけだった。前の会社で一緒だった幸恵は、今もこうしてよく会っては食事をし、近況を報告し合う仲のいい友達である。

「鮨屋のカウンターに女一人じゃ様にならないよ。ほら、遅れたお詫《わ》びに焼酎、イッキ、イッキ」

幸恵は唇をとがらせて手を叩《たた》くが、比較的若い世代で賑《にぎ》わうこの洒落《しゃれ》たつくりの店で、女性の一人客はなんら違和感がない。壁一面の飾り棚には焼酎やウィスキーに交じって、ワインも並んでいた。ガラスケースにずらりと揃《そろ》った色とりどりの切り身は目に鮮やかだ。

「もう、莫迦《ばか》なこと言わないで。上がり下さい」

お運びの女性に声をかけ、お品書きに視線を落とす。今日のお薦めはなんだろう――。

「なんか雰囲気変わったよね～、青子。ねえ、今の会社、いい男いるの？ 不動産業なんて今、うなぎ上りじゃん」

「あれ？ 幸恵、コピーライターの彼氏がいるんじゃなかったっけ？」

「ああ、あんなのもういい。浮気男だけは勘弁。収入だって安定しないし。その点、不動産業ってほどほどにカタい仕事だし、結婚相手にはドンピシャかなーって。ね、本当にいい男いないの？」

にわかに目つきが鋭くなった。青子は用心して言葉を探す。一番の仲良しとはいえ、異性が関係すると他人の迷惑を考えなくなる幸恵の性格をよくわかっていた。大島さんのがっしりした肩幅が思い浮かばなかったと言ったら嘘《うそ》になる。幸恵はああいうタイプが好きだろう。しかし、下手に紹介して、職場の人間関係を乱されてはたまらない——。おしぼりで手を拭《ふ》きながら、目の前の色黒の職人さんに、鮪《まぐろ》お願いします、と声をかけた。

「今は仕事を覚えるのに精一杯で、それどころじゃないよ」

「エーッ。ウッソー。私、そんなの信じない。最近、やけに女っぽくなったもん。一筋縄じゃいかない恋愛してるって感じ。もしかして不倫とか？　二股《ふたまた》かけてるとか？」

二股と聞いて、ぎくりとする。

「ね、そもそも、どうして不動産業界を選んだの？」

赤身に包丁がすべる様を、青子はじっと見守った。

「どうって……。なんでだろうね。昔から家に関することが好きなの。学生時代はインテリアの勉強もかじったことあるくらい。新卒で家具の会社に入ったのもそのせいかな。いやいや、そんなの綺麗事か。お給料に惹《ひ》かれたのが大きい」

去年、高級鮨店「すし静」で隣り合った、羽振りの良さそうな不動産業界の男達を思い出す。彼らとの出会いが、いや、「すし静」との出会いが、今の職場を選ばせたといっても過言ではない。

「いいなあ、私も『とらばーゆ』しようかな。あんなつまんない会社、もういられない。いい男も全然いないしさあ」

「あれ。そうなの。業績が上がったって聞いてるけど」

「そうだね。でも、青子がいた頃と違って、日本の家具なんてもうちっとも売れないよ。今の流行はデコラティブなヨーロッパの輸入家具が主流。社長、買い付けに飛び回ってるよ。あ、欲しい家具あったらカタログ送ろうか。八掛けで買える」

「残念だけど、目黒の新しいマンションが狭いの。置く場所ないな」

色黒の職人は見せびらかすように、ひらひらと華麗な手つきで、鮪を握り始めた。安い値段でそこそこの物が食べられ、現代的な店作り。ここが繁盛するのは当然だろう。誰もが味にうるさくなっている。飽食の時代といわれて久しい。普通の主婦まで「おいしい水」にこだわる昨今だ。

鮪の握りが二つ、付け台の笹《ささ》の葉の上に並んだ。

この店のウリである、舎利を覆い隠すほどのたっぷりとしたネタ。十分に美味しいけれど、あくまでも青子にとって「たたき台」だ。「かつ鮨」に通っているおかげで、指を使って鮨をつまみ、きっちりと一口で頬張《ほおば》る癖がついた。素材の味わい方やスマートな注文も覚え始めている。

池袋方面に住む幸恵とは、渋谷駅で別れた。国電に乗り込み、小さいげっぷを噛《か》み殺す。「かつ鮨」の鮨を食べると、ときどき胃もたれする。息が生臭いことに気付き、思わずハンカチを取り出した。

家に帰ったら、熱いお茶を淹れ、ガリをつまもう。電車に揺られながら、青子は「すし静」のカウンターと、その先にいるはずの、あの男性を思い浮かべる。

あの手が、あの鮨が恋しくなるとき、青子は「すし静」で買い求めたガリを噛みしめることにしている。常連客らの熱心な希望で販売するようになった自家製のガリは、普通の鮨屋が扱うお菓子のように甘いそれとは別物だ。分厚く切られていて、うっとりするような淡い桜色。噛みしめると甘みと辛みが広がり、体の中がさっぱりと洗われる気がする。新緑の季節にとれた新生姜《しんしょうが》だけを使って一年分を一度に作り、保存するという。

まさに今は新生姜の季節ではないか。日頃の勉強の成果を見せる時が来たのかもしれない。マンションに帰ったら「すし静」に予約を入れることを決め、青子は背筋を伸ばす。

安い鮨屋を普段使いし、「すし静」という本命に備える自分は、確かに「二股」をかけているようだと思う。心がとがめないと言ったら嘘になるが、あのカウンターに座るときの自分が、おそらく知る限りもっとも好きな自分であることは誤魔化しようがない。

窓の外にはまるで昼間のような明るさの明治通りが延びている。

2

「すし静」に行くのは四ヶ月ぶりだった。

以前に比べ給料が上がったとはいえ、二十五歳の営業補佐がそう頻繁に通える場所ではない。出会いから一年経つ今も、たった三回しか訪れていない。五月にしては肌寒い夜だったので、ステンカラーコートを羽織ってきて正解だった、と安堵《あんど》する。

脱いだコートを手に暖簾をくぐる瞬間、店を出てきたカップルの女と肩が触れ合った。きつい香水に思わず顔をしかめ、ちらりと視線を送ったら、最初に店に来たときに隣に座っていた例のホステスだった。あの頃から、さらに華やかになっている。羽振りのよさそうな男の腕にぶらさがる彼女は、肉感的な曲線に張り付く原色のスーツがよく似合う。しかしながら、みっしりした背中まで届くソバージュヘアは、鮨屋にはいただけない。せめて一つにまとめるべきではないだろうか。それでも、すらりと伸びた脚は浅野ゆう子のように引き締まっていて、同性の目から見ても眩《まぶ》しいくらいだ。

「ミキちゃん、そろそろ入店しないとママにしかられるかな？」

「いいの、いいの。並木《なみき》さんとの同伴だから多少の遅刻も大目に見てくれるってぇ」

こちらに一瞬浮かんだ戸惑いの色が癇《かん》に触ったのか、ミキは横目できっと睨《にら》み付けてきた。青子は軽く肩をそびやかし、気にすまいとする。

「いらっしゃいませ。本木様。いつもありがとうございます」

店に足を踏み入れるなり、一ノ瀬《いちのせ》さんの細い目が青子をとらえた。

名前、覚えてくれたんだ——。最後に来たのは随分前なのに。「理想の常連」にほんの少し近づいている、と青子は達成感を嚙みしめる。カウンターに座っているのは、澤見《さわみ》さんただ一人だった。

「あ、いつかのお嬢さん」

「澤見さん、その節はどうも……」

「いや、もう出ようと思っていたところなんだよ。あとは若い人同士でごゆっくり」

澤見さんは、悪戯《いたずら》っぽい笑顔を浮かべると上がりを飲み干し、店を後にした。いつ訪れても必ず居る、常連の中でも一番の古株である彼が財布を出すのをまだ見たことがない。ツケで知られる彼は、青山の骨董《こっとう》専門店のオーナーということだ。

狭い店内には、お運びの少年を除けば、一ノ瀬さんと青子の二人きりだ。いつも予約客でいっぱいの「すし静」なのに、こんな幸運があっていいのだろうか。青子はこみ上げる微笑をこらえ、カウンターに向かって背筋を伸ばす。

一ノ瀬という名字、さらに独身であることは、去年、澤見さんとのやりとりから知った。

――一ノ瀬君は生粋の職人タイプなんだから、もし奥さんを貰《もら》うなら、明るい商人気質《かたぎ》を選ぶべきだね。破《わ》れ鍋《なべ》に綴《と》じ蓋《ぶた》というじゃないか。

ぱりっとした白衣のよく似合うしなやかな体、への字に結んだ唇、なによりもいつも濡《ぬ》れている分厚い手。ぶしつけにならないように注意しながら、一つ一つを目に焼き付ける。彼は一体、どこに住んでいるのだろう。部屋の間取りは？　家賃は？　家族は一緒なのだろうか。そして、恋人はいるのだろうか――。いや、そんな邪念は振り払おう。今は彼が丹精込めて握った鮨を集中して味わう時だ。

「今晩は。お久しぶりです。ご主人は？」

「腰を痛めて入院しておりましてね。たいしたことはないのですが、申し訳ありません」

すべすべしたカウンターをそっと手のひらで撫《な》で、ただいま、と心の中でつぶやいた。思わず頬を寄せそうになる白木の澄んだ香り。使い込まれたまな板や包丁、砥石《といし》。この店のそこかしこに、物語を感じる。お運びの少年に冷酒を注文した。

「できたてのガリが欲しくて来てしまいました。ここのガリ、本当に美味しいですよね。去年買ったものが、もうすぐなくなりそうなんです」

「それはありがとうございます。帰りにお渡ししますね。ちょうど先週、一年分を仕込んだばかりなんですよ」

前回来た時に比べ、一ノ瀬さんは随分なめらかに言葉を発するようになった。無愛想というほどではなかったが、ぎこちない態度が改善されている。おそらく大将に厳しく接客を仕込まれたためだろう。もしかすると、青子と二人きりだからだろうか、と密《ひそ》かにうぬぼれたりもする。冷酒が運ばれてきた。滴を浮かべた江戸切り子の徳利とお猪口《ちょこ》が目に涼しい。

「一人暮らしですから、何かとガリに助けられてます。胃もたれした時につまんだり、お茶漬けにのせたり……」

「そうですか。僕はまかないのチャーハンに刻んだガリをいれますよ」

「へえ、お鮨屋さんのまかないがチャーハンなんですか」

「酢飯が余りますからね。ガリとネタの残りを利用した海鮮チャーハンです。ゴマ油でいためると、酢の香りが飛んで、パラッとしあがるんですよ」

へえ――。今度真似《まね》してみよう。チャーハンをれんげで口に運ぶ一ノ瀬さんを思い浮かべる。彼が食事をしている姿を見たことはないし、これから先も見ることはないと思うとふと切なくなった。冷酒に口をつけると、青子は身を乗り出す。

「まず、アジから握っていただけますか」

一ノ瀬さんの顔に一瞬、明るい色が浮かんだのがわかった。勉強がものを言った――。まずは及第点。五月の旬《しゆん》のネタを真っ先に口にすることが出来、青子は胸を撫でおろす。

パフォーマンスのような「かつ鮨」の職人に比べ、一ノ瀬さんの動きは小さく、一つ一つが短い。まるで風のようだ。差し出された手のひらに載る、アジの表面は綺麗《きれい》な銀色だった。「かつ鮨」のように生姜をすったものやあさつきをこんもり載せたりはしない。煮きり醬油《じようゆ》をはけで一塗りのみ、と潔い。水に濡れた冷たそうな赤い手のひらから、親指と人差し指でそっとつまみ上げ、口に運ぶ。二日寝かせたという、とろけるような青魚の脂は少しもしつこくなく、するりとネタを胃に走らせる潤滑油のようだ。

「ああ、美味しい。『すし静』さんのおかげで光りもの、克服できたかもしれません」

柄にもなくお世辞を口にしたら、一ノ瀬さんはかすかに頬を赤らめた。光りものは職人の腕の見せ所……。何かの本で読んだのだ。生臭みをとるためには丁寧な仕事が必要だ。鮮度ものを言う。一ノ瀬さんは控えめに見えて、自分の仕事にかなりの自信を持っているのだろう。さらに、値段も安く、初心者が頼むにはもってこいのネタだ。

「ちょっとずつ、この店で、色んな味を覚えたいんです。高いお店だからそうしょっちゅう来られるわけじゃないし、私の舌はまだまだ未熟ですけど……。いろいろ勉強しながら通いたいと思います」

今の思いをそのまま口にする。この店に通うことを決めた時、知ったかぶりはやめることにしたのだ。ややあって、一ノ瀬さんは考え考えといった様子で口を開いた。

「そう言っていただけると、我々職人は本当に……、嬉《うれ》しいです。なんていうか、お客さんの人生の変化というんですか……。そうですね、付け場からお客さんの人生が進んでいくのを見ることが出来るのは……。我々はここから動けませんから」

一ノ瀬さんは付け台を挟んで話すとき、かすかに退き、横を向く。客に唾《つば》が飛ばない工夫だと、これも何かの本で読んだ。でも、青子としてはもっと身を乗り出して、顔を近づけて欲しい、と願ってしまう。ぎこちないけれど、一生懸命伝えようとする一ノ瀬さんの言葉が胸に染みこんでいくようだ。

「……一ノ瀬さんは素敵なお仕事をされてますよね。一つ一つを同じ場所で積み上げていく。不動産業界ってめまぐるしくて、時々すごく疲れます。入ったばかりで生意気ですけど。私に向いているのかなって思うこともあるくらい」

「僕はそんなことないと思います。前は家具の会社に勤めてらっしゃいましたよね。なんというか……、本木さんは家というものに愛着があるのではないですか」

まさか、そんなことを考えていてくれたなんて。青子は想《おも》わず一ノ瀬さんの細い目を覗き込んでしまう。客への愛想以上のものを見付けたかったけど、静かな色の奥に潜むものがどうしても読み取れない。

「一ノ瀬さんの言う通りかもしれません。母が家をとても大切にしていた人だから……。家を守るために自分の人生をあきらめたような人だから。人それぞれにふさわしい終《つい》の棲家《すみか》のあり方に興味があるのかもしれません」

初めてそう口にし、驚いた。そうだった——。母の面影がいつも、胸に宿っていることに今更ながら気付く。

「次は鰯《いわし》、お願いします」

今日は完全に光りもので攻めるつもりでいた。ややあって彼の手のひらから、直《じか》に銀色の輝きを受け取った。

鰯の身には無数の小骨が潜んでいるから、下手な鮨屋で頼むと、口の中を怪我《けが》しかねない。でも、このネタは丁寧に細かい骨まで処理してある。冷たい鰯はどこまでも夢のように滑らかで、ほのかに甘くさえある。ひんやりした舌が口の中に入ってくるように快い。冷酒が早くもまわり始めたのだろうか。さて、目の前の一ノ瀬さんの舌は、女の口の中でどんな動きをするのだろう。そもそも、キスの時に舌を入れるタイプだろうか。

古風に見えるから、唇をあわせるだけの気もするが、青子の好みとしてはやはり舌はからませて欲しい。一ノ瀬さんのやや青ざめた薄い唇は皺《しわ》が深く、からりと乾いている。立ち上がって手を伸ばせば触れられないこともない。二人を隔てる白木のカウンターがふと、うとましくなった。客と職人を分け隔てるこの細長い木材さえなければ、ただの男と女でしかないのに。

最後にキスしたのは誰とだろう。そう、昨年、東京に残ることを決め、転職するまでの間、一時的に復縁したボーイフレンドの川本君とだった。彼の舌はぬるぬるとして、せわしなく動き、落ち着きがなかった。口づけから薄々予感していたとおり、セックスもぎこちなく、どこか上っ面だった。雑誌でかじった知識を青子を使って、試しているとしか思えない。何より、彼の手が女のように小さく、汗で濡れているのが気に障った。細身の彼が上になっても、これぞ、という重みを感じない。彼との終わりも淡々としたもので、なんとなくいつの間にか会わなくなった。

次に男と寝るとしたら、もっと手応《てごた》えがある時間を得たい、と青子はさほど多くない経験からたぐり寄せ、漠然と考える。汗や涙がしたたり落ちるような、自分の体に血が巡り、臓器があると思い出させてくれるような色濃い時間。たとえば、このカウンターくらいの高さに手をついて、後ろから突き上げられてみたい。大島さんのようなたくましく自信のある男に乱暴に腰をつかまれたら。いや、結局のところ、彼も肉体労働とは無縁の、皮膚の薄い手なのだ。その点、今目の前にある水をくぐりぬけてきた分厚い手ときたら――。

「鰯は今でこそ食通にも好まれますが、むかしは下魚《げざかな》と呼ばれ、肥料にしたとも言われているんですよ」

一ノ瀬さんの言葉で青子は我に返った。とんでもない妄想をしていたことに気付き、見る見るうちに頬が熱くなる。こんなことは自分らしくない。真摯《しんし》に接客してくれる一ノ瀬さんに対して、なんという失礼をしてしまったんだろう。

「物の価値は時代によって変わる、ということが言いたかったんです。あ、すみません。食事中の話題ではありませんでしたね。あの……、お気に障ったみたいで」

こちらのぼうっとした顔つきを見て、一ノ瀬さんは自分の発言に非があったと勘違いしたらしい。申し訳なさそうに目を伏せているので、青子はいたたまれなくなる。なにか言わねば、と忙しく頭を巡らせた。

「いや、あの、一ノ瀬さんの手が気になって……。これだけ水をくぐっても、ヒビやアカギレがないのがすごく不思議だなって……。すべすべしていてとても綺麗」

かんぴょう畑を守った亡き母の手がいつもヒビ割れていたことをうっすら思い出す。

彼は照れた顔つきで答えた。

「魚の脂が染みついているおかげですよ。脂が傷から守ってくれるんです」

もし、この手を思い切りぎゅっとつかんだら、透明な魚の脂がしみ出すのではないだろうか。そんなことを想像しながら、口に運んだ二つ目の鰯は、一層とろけるようだった。

鯖《さば》、シロイカ、中トロの鉄火巻き、さより、カッパ巻き、最後はいつものように卵焼きで終わらせた。座るだけで三万円ともなると、高いネタは注文できないし、量も限られる。でも、こまめにつまむガリのおかげで口寂しくはない。心もお腹《なか》も、十分に満足だった。充実した食事というのは結局のところ、量や値段ではないのだと思う。誰と向かいあうか。誰の手から食べるか。

もう「かつ鮨」に通うのはやめよう、と会計を済ませる最中、青子は決めた。最初は鮨の勉強のつもりだったけど、今では「すし静」と比較するためだけに使っている。あの店で働く人にも失礼だと思った。

もうすでに、次に会うことが待ち遠しい。カウンターから立ち上がると、ごちそうさま、と頭を下げる。同じ目の高さで向き合っていることで、かえって胸が苦しくなった。

きらびやかな銀座のネオンを抜け切ると、ほっとした。

一ノ瀬さんが用意してくれたガリの瓶を包んだ水仙柄の風呂敷包《ふろしきづつ》みが、プリーツスカートの横で揺れている。春が終わる寸前の、枯れた花のかおりがする夜風が、頬を撫でていた。まだ酔いが冷めないので、日比谷公園まで歩くことにする。建設中の有楽町センタービルを横切って、国電の高架をくぐった。公園の方向からみどりの匂《にお》いが流れてきたところで、青子はふと、足を止めた。

昇進試験を受けてみよう、と唐突に思ったのだ。待っているだけではだめだ。形あるものを、確かなものをこの手でつかみたい。たとえ、それが痛みを伴うものだとしても。「すし静」に通い続けるかぎり、鮨を食べ続けるかぎり、ネタから滲み出る脂や栄養が自分という人間を包み、守ってくれる気がした。何があってもあのカウンターに帰ればいい。辛《つら》いことがあっても自分だけの領域が存在するのは、本当に心強いことだ。スピードに目がくらんだら、あの店で立ち止まればいいのだ。それに収入が上がれば、もっともっと一ノ瀬さんに会える。言葉を交わす機会を増やせる。ガリや光りものだけで満足したくない。極上のトロやウニを、懐を気にせず試してみたい。自分の欲望がどこまで伸びていくか、この目で見届けたい気もした。

そっと指に息を吹きかけ、においを嗅《か》いでみる。口の中も手も少しも生臭くなく、青子は心が満たされていくのを感じた。

自分が見込んだあの男はそう、確かに一流なのだ。

三　イカ

1985年9月17日

1

ここの餃子《ギョーザ》は酢だけで食べた方が美味《おい》しい、と青子はすぐに気付き、小皿に何の考えもなく醤油《しょうゆ》を注いでしまったことを、かすかに後悔する。幅の狭いカウンターの隅に置かれた、酢の入ったガラス瓶にすっと手を伸ばす。レモンやすだちがあるとなおのこといいのだが。

こんがりした焼き目に透明の酢をたらすと、表面がしっとりとほとびていく。口に運ぶと、やはり先ほどより味の輪郭がくっきりしているように感じられた。細かく刻んだキャベツの甘みや生姜《しょうが》の辛み、挽肉《ひきにく》から溢《あふ》れる肉汁、生地のパリッとした焼き加減。酸味を通過すると、一つ一つが舌に迫ってくるようだ。誰もがごく当たり前のように醤油味を好むけれど、あれほど個性の強い調味料はない。味を引き立てるというより支配してしまう。強い塩分と旨《うま》み成分が、下手をすると素材の持ち味を殺すのだ。

右隣に座る先輩の大島さんが、すぐに身を乗り出した。

「あれ、醤油やラー油つけないの?」

「お酢だけの方が、焼き加減や具の美味しさ、生地のもちもち感がわかる気がして……」

「ははは、まるで『美味しんぼ』の山岡士郎だな。こんな安い店なのに」

大島さんは最近話題のグルメ漫画を口にすると、白くたくましい歯を見せてにっと笑った。にわかに青子は恥ずかしくなり、慌てて餃子を頰張《ほおば》る。肉汁が勢いよく溢れた。

「おっ、おねえさん、わかってるねえっ。うちの餃子のうまさがわかるなんて、なかなかの食通と見たよ。よし、もう一皿おまけしちゃうよ」

機嫌の良い声に視線を上げると、カウンターの奥から店の主《あるじ》が人なつこそうな丸顔をてかてかと光らせていた。すぐに、奥さんらしき中年女性が餃子の皿を運んできた。お礼を言ったものの、一人では到底食べきれるはずもなく、大島さんにも手伝ってもらうことにする。彼は感心した様子で、生姜の香りのする息をこちらの耳に吹きかけた。

「青子ちゃんはすごいよなあ。こうやってさりげなく色んな人の心をつかんじゃうんだから。地主さん連中にも評判がいいわけだ」

「本木さん」が二人の時は「青子ちゃん」になる。くすぐったさを感じるが、決して嫌ではない響きだ。

「そんなことないです。内勤が長かったから商談の席に、まだ慣れなくて」

神田駅にほど近い昼時の中華飯店は、青子達のような外回り中の会社員で賑《にぎ》わっている。ここの生姜を利かせた名物餃子は、にんにくを使っていないため営業マンに大人気なのだ。安い店でごめんね、と大島さんは暖簾《のれん》をくぐる時に照れた顔をしたけれど、一人前の営業として扱われているようで嬉《うれ》しかった。建売業者訪問や下見、物件調査で毎日、目の回るような忙しさだが、昇進試験に合格してからというもの、青子は気力と体力で溢れている。

なんといっても、大島さんのサポートという立場とはいえ「野上産業」の花形職である、大手町を中心にしたオフィスビル賃貸事業チームの一員に選ばれたのだ。

丸の内は現在日本一賃貸料が高いと言われている。このところの外資系企業の参入、大企業の細分化による子会社の増加から、東京のオフィス需要がかつてないほど高まっているのだ。都心のちょっとこぎれいなビルであれば、すべてのフロアが稼働しているのが現状だ。よって土地が足りず、地価は日増しに高騰している。野上産業も、業績のよくなかった数年前に購入した小さな用地に相次いでビルを建て、高い賃貸料を得るとともに、新たな土地の購入に走っている。

時代のうねりをこの目で見ているという実感が、常に気分を高揚させていた。それに連動するように食欲も旺盛《おうせい》になり、食わず嫌いがなくなった。舌がもっと知りたい、もっと知りたい、と叫んでいる。接待で使う会席料理やフレンチ、こうして大島さんに連れて行ってもらう中華料理屋や焼き鳥屋。新しい味を一つ覚えるたびに世界が広がっていく気がした。

大島さんは得意先に接するのと変わらない調子で、熱に浮かされたごとくしゃべりまくっている。

「青子ちゃんには度胸がある。カウンターに座る姿も様になっているし、普通の女とは違うって感じだよな」

「ええっ、そんなことないですよ」

恐縮した態度を崩さないものの、当たり前だ、とつんと肩をそびやかしたい気分だ。なんといっても、青子はこの足掛け三年間で、天下の「すし静」に何度も通い、たった一人の知恵と力で、常連とは呼べないまでも常連予備軍にまで成長したのだ。それなりの地位のサラリーマンでも尻込みするような、銀座の一流鮨屋の暖簾を一人でくぐり、カウンターで背筋を伸ばし、旬《しゅん》のネタを注文できるまでになったのだ。男の力やコネや抜け道などに頼らなかった。収入を上げるために転職し、密《ひそ》かに鮨の勉強も続けている。このささやかな成功体験は、青子の中で確固たる自信を形成していた。

社の経費を浴びるように使えるため、財布を出す機会が日に日に減っている。このランチも大島さんは当然のように領収書を切るだろう。そのことにもはや違和感はなくなっている。だからこそ、自分の支払いで好きなものを食べる「すし静」での時間は、青子にとってかけがえのないものだった。今週の水曜日も予約を入れている。あの店に漂う雰囲気は、ゆったりとしてどこか退廃的で、めまぐるしい時計の針をほんの少し遅くしてくれるのだ。

時代はどんどん豊かになっているけれど、本当の贅沢《ぜいたく》を知っている人間はごくひとにぎりだ。本当の贅沢――。大好きな安井かずみのエッセイを通してしか知らなかったことを、「すし静」は初めて肌で感じさせてくれたのだ。

素材にはそれぞれ合った調理法があること、旬を逃さないこと、食事を美味しくするにはまず会話が大切なこと。そして、どんな鮨にも等しく醬油味が合うわけではない。白身や烏賊《いか》などは、すだちや塩で食べるとその甘みが楽しめること――。すべて一ノ瀬さんの手のひらが教えてくれたことばかりだった。

「そのうち、青子ちゃんの手料理、食べてみたいなー、なんてね。いきなり図々《ずうずう》しいかな」

大島さんが唐突に距離を縮めてきたことに、思わず箸《はし》が止まる。この一年間、何度となく口説かれてきた。はっきりと拒否せずのらりくらりとかわし続けてきたのは、仕事を覚えるのに精一杯で恋愛どころではなかったせいもある。大島さんのことは決して嫌いではない。大きな商談のまとまった打ち上げの夜、酔った勢いで口づけを許したこともある。ただ——、どうしても心から一ノ瀬さんが追い出せないのだ。

ただの職人と客だ。思いを伝えようにもとっかかりはどこにもないし、正しい方法もわからない。これまでの恋愛はすべて相手に求められて始まっている。たとえ勇気を振り絞ったとしても、成功する保証はどこにもない。一ノ瀬さんに疎まれ、あの店に通えなくなることが何よりも怖かった。この三年間で培った、ささやかな立ち位置を失うことだけはどうしてもしたくない。とうに結論は出ているのだ。それなのに、気持ちは一向に衰える様子がない。いつも彼のことばかり考えている。我ながら、なんと不毛なのだろう。

「はあ、手料理ですか。私、あんまり作らないんですよね。家庭的ではないんです」

「あれ、食べるの好きだからてっきり」

「うーん。家での食事にかける手間とお金があれば外食にあてたいタイプなんです」

料理はもともと得意ではない。「すし静」資金のために節約を心がけてはいるので、極力自炊するようにはしているが、一人の食事ならばご飯にふりかけに味噌汁《みそしる》、トマトを切ったものでもあれば十分だ。最近では、平日の夜はほぼ接待で埋まっているし、終業後の飲み会も増えた。手の込んだ料理を作るチャンスもやる気もますます減っている。しかし、目の前のどこか必死な大島さんを見ているうちに、青子はふと作ってもいい気になってきた。誰かに何か食べさせるという未知の経験に強く惹《ひ》かれたのだ。

去年引っ越した目黒のマンションは狭いながらも、好みのシンプルなインテリアにしつらえている自慢の城だ。たっぷりの観葉植物、ボーナスで買った輸入物のソファ。映画「アニー・ホール」を意識したオフホワイトの空間に男性を上げたことはまだないが、大島さんであれば合格点という気がしてきた。日常のリズムをあえて崩すささやかな冒険に、胸がわくわくしてくる。会社では見せない新たな一面で彼を驚かせたい。

大島さんはさほど味に敏感という感じはしない。固形ルーを使った、カレーやシチューで十分かもしれないが、やはり、テリトリーにまねき入れるからには価値観を共有してもらいたい。自分という人間の多面性を教えてやれるような、凝った料理を作りたい。

いずれにせよ、大島さんと付き合うのも、このままただの先輩にしておくのも、すべて青子次第なのだ。選択が自分に委《ゆだ》ねられているなんて初めての経験だ。主導権を握るのが、これほどまでに楽しく心が躍るものだなんて誰も教えてくれなかった。

「まあ、そのうち、ですね……」

と、わざと蓮《はす》っ葉《ぱ》に笑って誤魔化すと、大島さんが無性に残念そうな顔をしたので、余計愉快になり、冷めかけた餃子を頬張った。

2

駅に滑り込む寸前、銀座線の車内はほんの一瞬だけ真っ暗になり、壁についている小さな非常灯ランプが同時に光る。灯りは順々に後ろの車両へと移っていく。それが一体なんのためのものなのか、青子には皆目見当がつかないが、きらびやかな都会の夜に生まれた数秒の暗闇とランプの瞬きはひどくロマンチックに思え、好きだった。明滅はそのまま青子の胸に乗り移り、地下鉄の階段を昇る足取りをリズミカルにした。

今年もとうとう実家に帰れなかった。お盆に里帰りをしない娘に父は呆《あき》れ果てていたが、休みがとれないほど仕事が忙しいと説明すると、しぶしぶ了解した。寂しげな声にかすかに気がとがめもしたが、初孫である姉夫婦の長女に夢中のようだし、会えば結婚をせっつかれるのは目に見えている。今は罪悪感を覚えまいとした。かつかつとパンプスの音が通りによく響く。暑さの過ぎ去った夜のみゆき通りはがらんと人通りも少なく、ネオンの光さえ神々しく見えた。どこからか線香のかおりがするのは気のせいだろうか。

店へと続く路地の入り口付近に、タクシーが停《と》まっている。その前で何やらもめている男女のシルエットが、明るい車道に伸びていた。運転手がうんざりした顔をしていることから察するに、もう長いことここで押し問答が続いているのだろう。近づくにつれ、口論の内容が聞き取れるようになってくる。女はあくまで脳天気で甘ったるい態度を装っているが、怯《おび》えていることは明らかだった。

「ごめん、たーさん。今日はここで。ね、また遊ぼう」

「何言ってるんだ。この後も付き合ってもらうよ。店、休みなんだろ」

「私、帰らなきゃ。ええと、田舎から妹が泊まりに来ているの」

女はミキという「すし静」常連のホステスだった。これまで四、五回、カウンターで顔を合わせたことがある。きつい香水や男に媚《こ》びた態度、甲高い声がどうにも好きになれないが、見るたびにあでやかさを増しているのは認めざるを得ない。肩パッドのはいったボディコンシャスのワンピースはウエストがきゅっとくびれ、コーラ瓶のような体型を引き立てている。腰まで届くワンレングスが薄闇《うすやみ》に若布《わかめ》のようにたゆたっていた。くるぶしまで隠れるラルフローレンのシャツワンピースを着た自分とは対照的だ。

「男を莫迦《ばか》にするのもいい加減にしろよ」

三十代半ばのやせぎすの男は、いよいよ余裕のない表情で声を震わせている。ミキの肩に置かれた手に力がこもっていることが離れていてもよくわかった。

「これだけ高い鮨《すし》おごらせておいて、ごちそうさまで帰ろうなんてさあ、ちょっとずるいんじゃないの。ここどういう店だかわかってるの？　天下の『すし静』だぞ。『すし静』。一ヶ月前から予約したんだからな。いくらしたと思ってるんだ」

どうせ、経費で落としたくせに——。男の背広に光る社章に、ちらりと目をくれ、青子は心底軽蔑《けいべつ》する。営業部員として働くうち、ちょっとした持ち物にめざとくなった。

こんな風に「すし静」を女を口説くための道具にするとか自分のステイタスを見せつけるために利用する男は少なからずいる。しかし、店に漂う優雅な雰囲気に気圧《けお》されてか、定着しないのが常である。こんな男女は放《ほう》っておけばいい、と冷ややかに横目で通り過ぎるはずが、気付けば二人の間に割って入っていた。

「初めまして。私、野上産業の本木青子と申します。ミキさんの友人です」

男が目を白黒させているのがおかしかった。ミキは呆気《あっけ》にとられた表情を浮かべたが、これ幸いと男から飛び退《の》いた。

「その社章……。久楽《きゅうらく》商事の方ですよね。内幸町にこんど出来る御社のシステム部門のオフィス、うちが担当している案件なんですよ。どうぞよろしくお願いします」

にっこりと営業用の強い笑みを浮かべたら、男はたちまち及び腰になった。

「あ、いや、そうなんですか。それはどうも……。あの」

もごもごと男は言い訳しながら、後ずさるようにタクシーの中へと逃げ込んだ。しびれを切らしたのか運転手はすぐにハンドルを握り、車はたちまちネオンの向こうに消えて行く。ほっと肩を落としたのもつかの間、今度はミキの仏頂面が立ちはだかった。

「余計なことしないでよ。お客さんを怒らせたら、私がママにお目玉くらっちゃう」

まともに口をきくのはこれが初めてだ。感謝されるとばかり思っていたので、青子は面食らい、やがてむらむらと黒い怒りに浸されていく。

「じゃあ、あのまま、車に引きずり込まれてればよかったの？」

人通りの少ない夜道で二人はしばらくの間睨《にら》みあった。今夜こそは言ってやる。

「前から言おうと思っていたけど、その香水、お鮨屋さんにはどうかと思う。周りの人も迷惑してるよ。季節を無視してトロばかり頼むセンスもね」

「は？　ガリ勉優等生女が偉そうに……」

ミキが忌々《いまいま》しいと言った様子で小さく舌打ちした。互いに良い印象を持っていないことは明らかだったが、こうまで憎まれているとは思わなかった。考えてみれば、男の力で店を訪れる彼女とあくまで一人にこだわる自分に、深い溝が生まれるのはごく当然のことなのだが。

「私が女くさいから目障りだって言いたいの？　でも、あんただって女を利用しているじゃない」

予想もしなかった切り返しに、青子は息を呑《の》んだ。観察者は常に自分とばかり思っていた。ミキの目は夜の世界を生き抜いてきた鋭さに輝いている。

「『すし静』みたいな高級店で、あんたのようなＯＬが常連客に何故《なぜ》つまはじきにされないのか、職人さんに丁寧に接客してもらえるのか、理由はわかる？　世間知らずの若い女に何か教えてやれるのが楽しいからだよ。父親みたいな気持ちで成長を見守るのが、支配欲をくすぐるからだよ。自分でもそれを十分わかってるくせに……。でも、いつまでも小娘扱いされると思ったら大間違い。もう二十七か八にはなってるんでしょ？」

みぞおちがきゅっと締め付けられるようだ。なんでこんな女を助けたりしたのだろう。

「あんたの方が私よりよっぽど嫌らしいよ。なによ、いつも鮨屋のおニィさんを目で犯しちゃってさ。女のにおいがプンプンしてる。向こうがあんたに食いついてくるのを、ぽかんと口あけて待っているだけじゃない。物欲しげだよ。自分から男を狩りにいく私の方が、よっぽど清々《すがすが》しいじゃん」

ミキはそれだけ言い捨てるとさっと踵《きびす》を返し、ハイヒールを響かせ、和光の方角に向かって行った。形の良いお尻が左右に激しく揺れる様を見送りながら、青子は恥ずかしさと怒りに震えて立ち尽くしていた。


「いらっしゃい」

大将と一ノ瀬さんの威勢の良い声で我に返る。

いつの間にか入店していたらしい。どうやってあの場所からここまでたどり着いたのかよく覚えていない。二ヶ月前と変わらない一ノ瀬さんの細い目や引き締まった頬がまともに見られなかった。大きく深呼吸してなんとか心を落ち着ける。一ノ瀬さんの技術、なによりあの大きな手に惹かれているだけだ、と必死に自分に言い聞かせる。

ミキはちょっとおかしいのだ。自分がそんなに下品な目つきをしているわけがない。そもそも、一ノ瀬さんとどうにかなりたいわけでもない。大島さんという恋人候補がいるのが何よりの証拠だ。立場はちゃんとわきまえている。まだ恥など掻《か》いていない。疎まれているわけがない。

カウンターにはいつものように澤見さんと、五十代くらいの物静かな夫婦が並んでいた。初めて目にする、色黒で下ぶくれの頬をした二十歳くらいの女がぎこちない手つきでお茶を運んできた。

「冷酒、いただけますか」

「はい……。ええと、冷酒ですね……」

もたもたした動きに、ほんの少しだけ苛立《いらだ》つ。澤見さんがそっと耳打ちしてくる。

「久しぶり。彼女は里子《さとこ》ちゃんだよ。大将の遠い親戚《しんせき》のお嬢さん。結婚まで預かるんだって」

彼女の世慣れない雰囲気はこの店にふさわしいとは言えない。なにより、自分より若く無知な女はここには居て欲しくない。そこまで考えて、どきりとした。やはりミキの言う通り、自分も無知と性を武器にしているのだ。認めてしまうと、急に体の力みが抜けていく。

里子が冷酒と一緒に運んできた突き出しは、叩《たた》いた甘海老《えび》に酒盗をまぶしたものだった。コクのある鰹《かつお》の塩辛が、海老の澄んだ甘さを存分に引き立てていて、箸が止まらない。ひんやりとした酒が喉《のど》を滑ると、先ほどのショックが嘘《うそ》のように消えて行く。

壁を飾る、ごくあっさりとした色合いで描かれた彼岸花に目が留まった。

「この水彩画いいですね」

「こいつが買ってきたんですよ」

大将が何故かちょっぴり得意そうに一ノ瀬さんを見やった。

「まだ無名の作家のものです。偶然通りかかった時に見た個展が素晴らしくて……」

武骨で男っぽいタイプに見えるが、一ノ瀬さんは文化への造詣《ぞうけい》が深い。「いい物を見て感性を磨け」という大将の言いつけを守り、休みの度に美術館や劇場に足を運んでいると、常連達とのやりとりから耳に挟んだことがある。彼と店の外で会えたら、一日東京をデートできたら、どんなに楽しいだろうと思う。でもそれは叶《かな》わぬ夢だ。叶わないからこそ、まばゆいのかもしれない。青子はようやく落ち着いて、静かに箸を置く。

もう二十七歳だ。ミキの言う通りいつまでも小娘気分では居られない。心のアイドルもいいけれど、胸を張って第三者に紹介できる恋人が欲しい。芸術品のような鮨を差し出す左手だけでは、悲しいことに体までは満足できない。強く抱きしめてくれる両手が欲しいのだ。青子は一ノ瀬さんにようやく笑顔を向ける。

「じゃあ、まずは墨烏賊《すみいか》からお願いします」

彼の顔にはっきりと満足の色が浮かぶ。二人の視線が共犯者のように絡まった。夏の初め、さっぱりとした味わいだった小さな烏賊は、この季節になると大量の墨を吐く大きな体に成長する。握りの手つきをいつものようにじっと見守った。

やがて差し出された一ノ瀬さんの手のひらには、ぷるりとした墨烏賊が白く光っていた。

「六日寝かせました。すだちと塩で味付けしてあります」

「すし静」のネタはどれも驚くほど長く熟成させている。ネタは新鮮であればいい、と思い込んでいただけに、最初に知った時は驚いた。

三本の指で鮨を受け取る。思わず目を閉じて口に運んだ。

表面に入った繊細な切り込みが舌を心地良く刺激する。すだちの爽《さわ》やかな酸味と天然塩がひきたてる墨烏賊は、ねっとりと舌をねぶるように濃厚に甘い。ネタが舎利にからみつきいよいよ一体となると、体の芯《しん》がびくんと震えた。冷酒を口に含み、しばし余韻を味わった後、ため息まじりにつぶやいた。

「ああ、美味しい。たった二ヶ月で新烏賊の淡泊な味がこんなにまったりと甘くなるなんて。この前に来たときはまだ七月だったから……」

澤見さんが愉快でたまらないという風に、つまみの里芋と海老の小鉢を引き寄せた。

「本木さん、この三年でどんどん舌が肥えてきたね。初めて上司に連れてこられた時はおっかなびっくりって感じだったのに。まさかねえ、あのあとすぐ、一人であなたがこの店に来た時は驚いたよ」

あの夜の、頭が真っ白になって視界が冴《さ》え冴《ざ》えする感覚は今でも鮮明に覚えている。あの緊張を乗り越えたからこそ、今の自分があるのだ。

「たいした度胸だねえ。若いのに女ひとりで自分の稼ぎでこの店に来るなんて。あの日から、僕はあなたのファンだよ。しかし、これじゃあ、並の男はおいそれとデートに誘えないね。付き合うとしたら、よほどの食通だなあ」

心は決まった。青子は一語一語、付け場にも届くようにくっきりと発音する。

「いいえ、そんな。私の彼はあんまり味に敏感な方じゃないんですよ」

澤見さんがほほうと目を見張る。

「おっと、こりゃ失礼。恋人がいたとは」

青子は一ノ瀬さんの表情をすばやく確認する。そこにひとかけらでも落胆の色があれば、救われた。想《おも》いを伝えるために、走り出すきっかけになったかもしれない。でも、どんなに目を凝らしても、その穏やかな表情のどこにも、感情のうねりは読み取れなかった。自分の迷いを断ち切るごとく、青子は強い口調で続ける。

「今度、彼に手料理を作ってって言われてるんですが、何にすべきか迷っているんです。お料理は得意ではないし」

「手巻き寿司なんてどうだい。手軽だろう」

「そんなの邪道でしょ？　買ってきたパックのお刺身を使うことになるじゃないですか。澤見さん、おっしゃってたじゃないですか。『仕事』もしていない切り身を舎利にのせただけのものは鮨とは呼べない、あんなのは『刺身鮨』だって」

「おっと、言うねえ」

　こちらのやりとりを見守っていた一ノ瀬さんがおもむろに口を開いた。

「それじゃあ、パエリアはどうでしょうね」

　意表をついた回答に、青子は目をしばたたかせた。

「よくまかないでやるんです。魚介がたっぷりの炊き込みご飯ですから、誰にでもなじみがあるんじゃないでしょうか。安い食材でも色々とり混ぜれば米に複雑な旨味が出ます。なによりサフランの黄色に魚介が映えて、見栄《みば》えがいいですからね。フライパンはお持ちですか」

「あ、もちろん……」

「まず干し貝柱を水につけます。オリーブ油でたまねぎ、にんにく、ピーマン、トマトなどを炒《いた》め、あさりなどの貝類、烏賊や海老を加える。最後に米を入れ、透き通るまで火を通す。貝柱のもどし汁とサフランで炊けばできあがりです」

「パエリアかあ。なるほど。うん、それなら出来そう。良さそうだな」

大島さんの前でフライパンの蓋《ふた》を取り、明るい黄色のご飯が海の香りの湯気を放つ様を想像しただけで、先ほどの憂いが消えて行く。よく冷えたワインを用意しよう。

「そして、最後はレモンをひとしぼり。さわやかさと酸味を足すことで、味にめりはりがつき、一気に美味しくなりますよ」

悪戯《いたずら》っぽい笑顔に胸がきゅんとうずく。ちゃんと覚えているんだ……。青子が柑橘《かんきつ》系の酸味でさっぱりとネタを楽しむのが好きなことを。

閉店間際、里子がのろのろと会計をしている間に、一ノ瀬さんはすばやくメモを書き、こちらの手にすべりこませてくれた。初めて読む彼の字は、まるで鉛筆が折れてしまうような激しい筆圧だった。芯の粉が盛り上がり紙が黒くにじんでいる。鉛筆を持つ時、かなり下の方を握るのが、新鮮な発見だった。

大島さんを家に呼ぶことがいつの間にか決定していることに、自分でも戸惑っていた。それでも、ここまで来たら後には引けまい。

青子は生まれたての宝物をそっとにぎりしめる。

3

サフランは近所のスーパーでは見つからなかった。

外回りの最中に偶然通りかかった紀ノ国屋でようやく発見し、千円近い値段におののきながらも、迷わず購入した。

それでも、瓶に入った乾燥した赤いめしべはごくわずかな量で華やかな風味を放ち、見よう見まねで作ったパエリアを鮮やかな黄色に仕上げてくれた。レモンをきゅっとしぼったら、海の香りが一層引き立った。

何度も、うまい、と感嘆の声をあげながら、大島さんはほとんど一人でパエリアを平らげてしまった。美味しそうに食べてくれる無邪気な様子は愛《いと》おしかったが、もう少し味わってくれればいいな、と物足りなくもあった。海老や烏賊、ほたてやムール貝。奮発して揃えたら、かなりの金額になってしまった。

でも、料理を作るとはそもそもそういうことかもしれない。食材を運ぶ時から、すでに頭の中に地図を描き出している。自分の料理が相手の口に運ばれる瞬間は、思わず息を殺してしまう。やはり褒めてもらいたいという下心が働くし、給仕の時は細かいところまで気が回り、自身の食欲は消えていく。

一ノ瀬さんはずっとカウンターの向こうで、こんな顔を見守り続けているのだ。毎日毎日、早起きして築地《つきじ》で材料を吟味し、店を清め、立ちっぱなしのまま鮨を提供し、客の話し相手を務める。気の遠くなるような、終わりのない旅だと思う。嫌になったり、不安になったり、すべてを投げ出したくなる日はないのだろうか。一ノ瀬さんの人生について、ここまで具体的に思いを巡らすのは初めてだった。彼の口からいつか語ってもらいたい。

目の前の男に対してさすがに気がとがめ、青子ははにかんだ風を装って微笑《ほほえ》んだ。

「男の人に、ううん、誰かにちゃんとした料理を作るのって初めてかもしれない」

この言葉はひどく大島さんを喜ばせた様子だった。

翌朝は彼のいびきで目が覚めた。

青子はベッドを抜け出し、ショーツ一枚のまま、汚れ物を積み上げたままになっているキッチンへと向かった。無性に空腹を感じていた。ユーミンの「ノーサイド」を鼻歌で歌いながら、まな板に転がったままになっている半分のレモンを手に、フライパンの蓋を取り、わずかに残ったパエリアの上にしぼった。こびりついて硬くなったパエリアをしゃもじでこそげ、そのまま口にふくむ。米の一粒一粒に野菜と魚介類のうまみがしみこみ、サフランの風味を強く感じた。昨晩より、さらに美味しくなっている。米が冷えると俄然《がぜん》味わいを増すのは、洋食でも和食でも同じかもしれない。立ったまま、自分のものかどうかわからない、飲み残しのワインも口に含む。

次に「すし静」に行く時に、話すネタが一つ出来た。

――パエリア、上手に出来ました。冷めても美味しいんですね。素敵なレシピをありがとうございます。また何か教えてください。

カウンターを挟んで、鮨屋に不似合いなスペイン料理の話題で盛り上がる二人を想像するだけで、心が弾む。青子はそんな自分をすぐに恥じて、寒くもないのに軽く身震いした。眠りこけている大島さんを振り返り、上下する喉仏を見つめる。彼を好きなんだから、と言い聞かせた。

自分はさほど器用なタイプではない。一ノ瀬さんを想いながら、この先大島さんと付き合っていくのは可能なのだろうか。後ろめたさに一瞬胃がきしむ。そうかと思うと、熱いたつまきのような衝動が、ぐるぐる回転しながら体を突き上げるのも感じていた。刻一刻と自分も世界も動いていく。しゃもじを持つ手に力がこもる。ごりごり、とフライパンをこそぎ、口に運ぶ、を繰り返す。

誰にも本心を打ち明けなければいいだけだ。一生、この想いを誰にも知られなければいいのだ。ミキの言う通りだ。カマトトぶる年齢でもない。既存のルールにとらわれまい。これからはやりたいようにやる。

口をぴったりつぐんで、その分、集中して生きよう。人の二倍愛せばいい。人の二倍食べればいい。行き詰まったら旬の鮨をつまめばいいだけの話だ。大島さんとの時間を燃料にこれまで以上に稼ぎ、「すし静」にもっと通おう。一ノ瀬さんとの時間がまだ特別なものだから、物欲しげで余裕のない態度になってしまうのだ。もう我慢せず、ウニもトロもどんどん食べよう。貯金なんて二の次、三の次だ。一ノ瀬さんの鮨が、一ノ瀬さんの手が、彼と過ごす時間が何よりも青子には必要なのだ。

自分にはきっとそれが出来るはずだ。まだ若いし、十分に美しい。そうやって生き抜くうちに、きっとこれぞという道が見つかるだろう。

青子は髪を一つにきゅっと結ぶと、シャツを羽織り、真っ白なカーテンを勢いよく開けた。すっかり高くなった空を見上げているうちにこの先、機転と頑張り次第で、どんな困難だって切り抜けられるし、怖いものなど何もない気がしてきた。

コーヒーのフィルターをセットし、テレビを点《つ》ける。ソファに腰掛け、ほとんど皮だけになったレモンを軽くかじった。

ニュースでは、Ｇ５が「プラザ合意」を発表したことを告げている。

四　ウニ

1986年7月17日

1

打ち合わせの最中だった。その広告プランナーは突然、すっと青子の目を見た。

「本木さん、先週の金曜日、銀座『すし静』のカウンターに一人で座っていらっしゃいましたよね？」

「え……。あ、ええと」

不意をつかれて、うまく言葉が出て来ない。先輩男性社員ら五名の目が一斉にこちらに集まるのがわかる。いずれも「グリーン・ベリー・ヒル都市開発プロジェクトチーム」の面々だった。昼下がりの会議室には、鋭い日差しが斜めに差し込み、わずかに生まれた炎天の中でほこりが舞っていた。増上寺の蝉《せみ》の鳴き声が、ここまで届いている。今年の夏も実家に帰ることが出来そうにない。

つい最近大きな賞をとったばかり、広告業界でその名を知らぬものは居ないと言われる、広瀬省吾《ひろせしょうご》は見るからに遊び慣れした風貌《ふうぼう》をDCブランドの柄シャツと細身のパンツに包んでいる。重たいスーツ姿の男達の中にあって、迷い込んだアゲハ蝶《ちょう》のように鮮やかだった。細く尖《とが》った顎《あご》に、日本人離れした彫りの深い顔立ち、日に焼けた肌。薄い唇は決めつけられることを嫌うように、くるくると形を変える。

「覚えていますよ。本木さんは、ウニを美味《おい》しそうに食べていた。あそこのウニ、好きなんですよ。海苔《のり》を使わずにふんわりと握りで楽しめる……」

彼の言葉を聞いているだけで、ここが仕事の場であることを忘れ、口の中がじわりと潤った。夏のウニは一年で一番、粒子が細かく、こってりとしたクリームのように感じられる。そろそろ次の予約を入れなければ。このところ、懐に余裕があるため「すし静」に行く回数が増えている。ただでさえ、会社の接待費が余っているおかげで自腹接待はなくなったし、ボーナスに加えて更なる金一封が追加で出たばかりだった。かつてはハレの日の特別な店だった「すし静」も、最近では電話口で青子の声を聞くなり、予約を優先してくれるようになった。

チームメンバーの一人である大島祐太朗《ゆうたろう》が困惑の眼差《まなざ》しをこちらに向けているのがわかった。ここまで第三者に言い当てられては、しらばっくれるわけにもいかない。

青子は曖昧《あいまい》な笑みを浮かべて口を開く。

「はい……。よく行くんです。銀座の『すし静』」

「おい、本木、随分高い店に通うようになってるじゃないか。さすがはエース！」

チームリーダーの先輩社員が大げさに声を張り、どっと笑いが起きた。広瀬の目が細くなる。怜悧《れいり》で洒脱《しゃだつ》な印象が潮が引くように消え去った。

「僕もあそこの常連なんですよ。女性の一人客は目立つからよく覚えているんです。素敵でしたよ。注文の仕方も堂々としていて。なにより背筋がぴんと伸びていた。食べることが好きなのが伝わってくる佇《たたず》まいでしたよ。職人さんとのやりとりも物慣れているのに清々《すがすが》しくて」

広瀬はなんとも好ましそうに青子の一つにまとめたワンレングスの黒髪や、太く整えた眉《まゆ》、ブラウスから伸びる首筋などにさっと目を走らせた。それは不躾《ぶしつけ》といってもいい視線だった。青子はなんとか気を取り直し、中断された格好になった都市開発の説明に話を戻す。

「ええと……。広瀬さんにお願いしたいのは、なによりもまず郊外の地味なイメージを払拭《ふっしょく》してもらうことです。東京の中心に暮らさなければ、おしゃれで贅沢《ぜいたく》な暮らしは送れない、という固定観念をくつがえす、スタイリッシュなイメージを持たせてください。キャッチフレーズは『ニューアーバンライフ』。都心まで二十分以内で出られることを何よりも強調してください」

「うーん、でも、実際に暮らすのはファミリー層がほとんどなわけでしょう。そんなに都心にこだわるかな。車もあるだろうし、地元が便利ならあまり出歩かないんじゃないの」

「ええ、でも、今の若い夫婦はとにかく新しいものが好きです。彼らは都心の戸建てをあきらめて仕方なく郊外に出たわけですから、独身時代に得た人脈や仕事を死守する方向に向かうでしょう」

「となればファミリー層へ新しいライフスタイルを提案していく方向で……」

マスコミには早い段階から、広告・宣伝攻勢をしかけている。そのかいあって、来年六月に完成する予定のタワーマンションの一つには、すでに抽選の申し込みが殺到していた。

埼玉の田園地帯にテラスハウスやマンション、ショッピングモールを展開するこの一大プロジェクトチームのメンバーに経験の浅い青子が抜擢《ばってき》されたのは、ここ半年の賃貸物件の売り上げがトップクラスの成績だったからだ。年配者に気に入られやすい人柄を買われての異例の配属である。

ここ数年、都心で続いたマンションブームが郊外にも広がりつつある。地価高騰により、都心に戸建てを持つことをあきらめた人種が外に流れ出しているのだ。

「それでは、よろしくお願いします。広瀬さんのお名前とセンスに、このプロジェクトの成功はかかっていると思っております」

会議が終わり部屋を出ると、広瀬を乗せたエレベーターに向かって一同は頭を下げた。扉が閉まるなり、男達は散り散りになる。青子はふいに腕をつかまれ、給湯室の中に引きずり込まれた。振り向くと、祐太朗が表情を険しくしている。

「どういうことだよ」

突然かみつかれて、青子は面食らう。まるで殺人を追及する刑事のような迫力だった。

「そんな一流鮨店《すしてん》の常連だなんて、俺に一度も話してくれたことないじゃないか。なに、いつから通ってるの？」

「ここの会社に来る前から。前の会社の上司に連れていかれたのがきっかけで……。それに、前に話したはずだよ。趣味は食べ歩きだって」

「幸恵ちゃんと一緒かと思ったんだよ。一人で行くなんて聞いてない。なんなんだよ。それ」

祐太朗はなおもしつこく食い下がる。青子は努めて冷静な態度を崩さないものの、内心では気がとがめてもいた。職人の一ノ瀬さんへの想いを見透かされたようで、びくびくしている。カウンターの向こうの男の手を見つめるために一回につき五万円以上の金を払っているなんて、とても言えない。しかし――。最近、一ノ瀬さんの握りはますます洗練されているのだ。口に運ぶなりはらりと崩れる力加減がさらに絶妙になっている。彼の成長を感じる余裕を身に付けただけではなく、ようやく値段を気にせず、好きなネタを注文できるようになったというのに、こんなことで中断されたくない。口の軽い広瀬に対して怒りが湧《わ》いてくる。

「一人の食事のなにがいけないの?」

思わずそう問うと、彼は困ったようにしばらく黙り込んだ末、やけのように吐き捨てた。

「女が一人で飲み食いするなんて、みっともないじゃないか。彼氏として恥ずかしいよ」

「なにそれ……」

こちらの困惑を見るなり、まるで言い訳するように祐太朗は早口になった。

「ね、鮨屋なら俺がいくらでも連れて行ってやるから。もう一人で勝手するのはやめてくれよ」

青子は口をぽかんと開け、一年越しの恋人を上から下まで眺め回す。数限りない小さな違和感が、次々に蘇《よみがえ》る。男女雇用機会均等法が施行されて、もう三ヶ月が経つ。この時代に取り残されたような図体《ずうたい》だけは大きい生き物は一体誰なんだろう。

「もう、うんざり！」

青子はとうとう、恋人の顔を下から睨《にら》み付けた。

「悪いけど、行動を規制されるのは嫌なの」

言ってやった──。言ってやった──。体中に踊り出したいような高揚感が駆け巡る。

そう、これくらい自己主張したって、何の問題もない。同じプロジェクトのメンバーということは立場は対等なはずだ。ただでさえ、最近の青子は社内でも一目置かれている。宅地建物取引主任者の資格も取得した。もう、祐太朗を眩《まぶ》しい目で見上げていた中途入社の事務ＯＬではない。

「青子、最近ちょっとおかしいよ。仕事が楽しいのはわかるけど、基本的な待遇は事務の時と変わってないんだろ」

咄嗟《とっさ》のことで何も言い返せなかった。祐太朗の口調はやけに滑らかだ。

「プロジェクトメンバーだなんておだてられてても、所詮《しょせん》お飾りなんだよ。女子社員に理解があるところを見せたい会社に利用されてるだけ。青子がその気になって頑張り過ぎているの見るとかわいそうになるよ……」

ありったけの怒りを込めて見据え、おろかな獣を黙らせることに成功した。

「言う通りにしてくれる女がいいなら、そういう人を選べばいいじゃない！」

祐太朗のりりしい眉は早くもへの字に下がっている。

「嫌だよ。青子以外の女なんて。頼むから、そんな言い方するなよ。機嫌直せよ」

いつまでもまとわりついてくる祐太朗がわずらわしく、適当にあしらって給湯室を飛び出す。早く忘れてしまいたい。ジュンコシマダのスカートを翻し、ヒールを鳴らして歩けば自分が無敵に思えてきた。化粧室にそのまま突き進んでいく。

祐太朗を嫌いになったわけではない。しきりに親に会わせたがる様子を見ると、向こうは結婚も視野にいれているのだろう。交際は順調だった。平日は互いに接待に追われているものの、週末はどちらかの家に泊まり、デリバリーピザを夕食にし、翌朝はそのまま街に出かける。

しかし、付き合い始めてすぐに気付いたことだが、祐太朗は古風な恋愛観の持ち主のようだった。青子を男らしく守りはするが、目に入るものがすべてであり、会話を通して価値観を共有しようといった姿勢は皆無だった。おかげで、流行《はやり》のスポットやレジャーを介さないと、なかなか気分が盛り上がらない。先週も渋谷西武ＳＥＤ館で買い物をし、全日空ホテルでディナーを食べた。休みくらいはのんびりしたいのが青子の本音だったが、二人でただ一緒にいるだけでは何も生まれないのは目に見えている。

時々、この男でいいのかと不安になることもあるが、祐太朗の善良さが青子が高飛車でいることを許してくれるのも事実だった。洗面台の前に立ち、口紅を入念に塗り直す。なんだか、広瀬の強い視線が体のあちこちに残っているようで落ち着かなかった。

強気になるのにはわけがある。不動産業の高まりが体に乗り移って、残り火のようにいつまでも燃え続けているのだ。

東京都心部の地価上昇率は、今年、過去最高の53・6%を記録した。前年のプラザ合意を経て、急激な円高が進み金融緩和が進んだことが要因だった。大手不動産会社が海外の地所を購入し始めていることも追い風になっている。都市開発が盛り上がるに連れ、「地上げ」が社会問題にもなっていた。

自分がこの社会を動かしている、という確かな実感がある。評価されるのがこんなに気持ちが良いものとは知らなかった。「グリーン・ベリー・ヒル」の宅地買収の際、青子が大地主である横山《よこやま》夫妻から確約書を取り付けた時は、チームをあげてのお祝いが行われたものだ。選び抜いた茶や菓子を手に足繁《あししげ》く通う青子に、ついには夫妻が根負けし、土地を手放すことを決めた。

——本木さんの持ってきてくれるお土産はいつも美味しいねえ。あなたみたいにいいお嬢さんがうちの嫁に来てくれればいいんだけど。

彼らの子供達の情報を聞き出すのにさほど時間はかからなかった。長男の始めた飲食店が上手《うま》くいっていないことを知るなり、青子は今ならまだ間に合う、土地をできるだけ高く売り赤字を補塡《ほてん》してはどうか、と夫妻に進言するようになった。

自分の仕事が「地上げ」とどう違うのか、という疑問が時々湧かないでもないが、今は考えまいとする。騙《だま》しているわけではない。青子は迷っている彼らの肩を優しく押したにすぎないのだ。それに、青子の願いは、長く住めるいい街をつくり出し、たくさんの人に幸せに暮らしてもらうことにある。

地上げ屋が脅しや暴力を武器に立ち退きを迫るのだとしたら、青子のそれは気配りと思いやりだ。それは、すべて「すし静」の時間の中で培ったものだった。

だから、あの店に通うのをやめるつもりはない。

2

「亭主元気で留守がいい、とはよく言ったもんだよね！」

幸恵は話題のＣＭコピーを口にして、肩をすくめた。

六本木のカラオケルームバーで、二人はソファに並んで、お菓子のように甘く派手な色のお酒を飲んでいた。小さなステージでは、二十代前半のＯＬが荻野目《おぎのめ》洋子「ダンシング・ヒーロー～Eat You Up～」を元気いっぱいに歌い上げていた。サラリーマンらが歓声を上げ、手拍子を打っている。喧噪《けんそう》に負けまいと青子は声を張った。

「亭主じゃないよ。祐太朗と結婚なんて今はまだ考えられない！」

「そんなこと言っていいの？　お互いあと二年で三十歳……。信じられない。自分がこんな年齢まで独身だなんて……」

幸恵は言葉を切り、サラリーマンらの熱い視線を浴びて腰をくねらせるＯＬのしなやかな肢体を羨《うらや》ましそうに一瞥《いちべつ》した。流行のプリンセスダイアナ風の袖《そで》のふくらんだワンピースは、大柄な幸恵にあまり似合っているとは言いがたかった。

「可愛《かわい》いじゃない、大島さん。そういう保守的なこと平気で口にしちゃうあたり」

「じゃあ、幸恵にあげるわよ。あげる、あげる、あげる!!」

「もらう、もらう!!　彼みたいないい旦那《だんな》になりそうな人滅多にいないわよ。でも、青子も変わったわよねえ。昔は田舎から出てきたばかりの大人しいお嬢さんって感じだったのに……」

青子はふと、ステージの上のＯＬに目を向ける。確かあの娘ぐらいの時だった。会社を辞め、田舎に帰ろうと思っていたのは。一ノ瀬さんの手に出会い、すべてが変わった。

「なんかもったいないな。せっかく好きなお鮨屋さんなら、好きな人と一緒に並んで座りたいと思うもんじゃないの？」

幸恵の何気ない一言がちくりと刺さった。むしろ、祐太朗にだけは「すし静」に来て欲しくない。彼と並んだところは決して一ノ瀬さんに見られたくなかった。

「まあ、いいわ。青子は私みたいに結婚願望強くないものね。でもね、私も男以外に夢中になってるものがあるんだ。投資よ、投資。ラッセンの絵、ついに買っちゃったの」

「えー、あの、海とイルカのアニメみたいな絵？」

「そうそう。私みたいな普通のＯＬ、いくら景気がよくたって、タクシー券ばんばん貰《もら》ったって、土地やマンションが買えるわけないじゃない。だったら、絶対に価値が変わらない名画に今のうちに投資するしかないじゃない」

絶対に価値が変わらない――。日々、顧客に対して放っている言葉を、友達の口から聞くと、何故《なぜ》か背中に冷たいものが走った。投資用物件を顧客に勧める際、青子は必ず、戦後日本の物資の売り上げ推移グラフを見せることにしている。

――見てください。物の値段が流動していく中で、土地の値段だけは一度も下がったことがないでしょう。土地だけは絶対に裏切りません。これから景気はさらに良くなります。借金してでも土地を買え、は今の時代のルールです。

でも、本当に価値の変わらないものなんて、この世界に一つでも存在するのだろうか。一ノ瀬さんへの想いだって、いつかは終わりが来るであろうことを、青子は予感している。その時までに、これぞという相手に出会えていればいい。この片想いに決着が付いたら、いさぎよくこの気ままな暮らしを捨てようと思っている。たぶん、それはずっと先のことだ。

幸恵は彼女らしくない自嘲《じちょう》的な笑みをもらした。

「まあ、青子から見たら、仕事は腰掛け、ブランド品だのラッセンだの買いあさっている私なんて、軽薄そのものなんだろうけどさ」

「そんなことないよ」

慌てて否定したが、幸恵はゆっくり首を振り、いつになく静かな口調でこう言った。

「これでも、私、必死なんだ。会社はどんどん居づらくなる。せめて三十歳になる前に、何か揺るぎないものをつかまなきゃって、いつも焦っているの。みっともないよね」

そんなことない、と青子はつぶやき、肩パッドで膨らんだ部分を抱き寄せ、軽く叩く。ぱふぱふと気の抜けた感触がした。

恋やおしゃれにしか関心が向かない幸恵を物足りなく思ったこともまったくないとは言えない。でも、本質のところで彼女と自分はよく似ていると思う。揺るぎないものを求めてやみくもに疾走するところが。

「あのさ、青子。私ね」

幸恵が何か言おうとした瞬間、二人を見下ろすテレビ画面が切り替わった。

「あ、次、私の曲。くいしんぼうのあんたのために歌う」

シブがき隊のヒット曲「スシ食いねェ！」だったので、あまりの莫迦莫迦《ばかばか》しさに、青子はぷっと吹き出してしまう。幸恵はマイクをつかむとソファから跳ね起き、ステージに走り込んだ。若い娘を突き飛ばすようにして、中央を陣取る。

「オレの彼女はカズノコが好き
やるせないじゃない　恋はのり巻き
小柱みたいにちっちゃな涙

どうぞ泣かないで　キスあげるから　アガリ！」

赤や青のライトがぐるぐると回転し、幸恵の白い顔やむっちりした脚を照らし出す。

男達の間から、先ほどとは比べものにならない、やる気のない拍手が起きた。

幸恵は周りの反応など気にも留めず、何故かやけのように腰を振り、手を大きく動かし、髪を乱しながら、いつまでも歌い踊り続けていた。

3

一ノ瀬さんの視線がこちらの唇に集中するのを感じる。

「ああ、美味しい」

よく冷えた黒霧島のロックを一口。青子は小さくため息をつく。

「まずはアワビをいただこうかな」

「はい。肝のソースをつけて召し上がっていただきます」

一ノ瀬さんは身を屈《かが》め、アワビの殻に手を伸ばす。

最近では、ここに来る時の化粧にも気を遣う。生ものを口に運ぶ以上、爪《つめ》や唇を派手に彩ることは避けたいので、水に濡れたような透明感のあるさらっとしたグロス、粒子の細かいパールパウダーを施している。色味は控えめにするけれど、華やかさは忘れたくなかった。最近ではエステにも通い始めている。人に会う職業柄、外見に手を抜きたくないし、カウンターの向こうから見た時、何よりも肌のきめが目立つことに気付いたのだ。

「突き出しの冷たい茶碗蒸《ちゃわんむ》しでございます」

やっぱり、若さには敵《かな》わない。青子はお運びの里子の、まだ硬い桃のような頰《ほお》や濁りのない白目を盗み見る。彼女の姿が目に入るたび、自分がごてごてと厚ぼったく感じるのも事実だった。

一ノ瀬さんの手から受け取った、とろりとした緑色の肝ソースが載ったアワビの握りを口に運んだところで、三つ離れた席にいる広瀬の姿に気がついた。

「よろしければ……、ご一緒しませんか？」

しばし迷ったが、青子はうなずいた。

「ええ。どうぞ」

彼が隣の席に腰を下ろすまでの短い時間、青子はグラス越しに、一ノ瀬さんの表情を注意深く観察していた。ほんの一瞬だけれど、影のようなものが走ったのがわかる。

そう、彼は本人でも気付かないほどかすかではあるが、不快さを感じている。これはうぬぼれなどではない。

常連客の女が気軽に男に話しかけられるのが嫌なのか。それとも、常に自分に向けられていた青子の視線が他の男のものになるのが悔しいのか。アワビのこりこりした歯応えが今の青子にはひどく快感だった。

「この間は、会議の間に突然すみませんでした。プライベートをばらしたりして」

青子は肩をすくめ、わざと唇をとがらせてグラスを傾ける。

「そうですよ。あのあと、大変だったんですから。上司にさんざんなじられましたよ。『お前、平社員の分際で、そんなに高い店に行ってるのか』って。それと、『すし静』に顔がきくなら、今度接待で使わせろって」

「ははは。なんて返事しましたか?」

「もちろん、やんわりかわしましたよ。私はこの店に絶対に仕事を持ち込みたくないんです」

ほう、という風に広瀬が目を見開く。悪くない反応だった。少なくとも、一人で外食するだけで嫌な顔をする祐太朗より、ずっといい。

「じゃ、ウニを頼みましょうか」

「私も」

一ノ瀬さんの手のひらに載ったぷっくりと膨らんだ、明るい色のウニ。

指でつまんで口に運ぶ。ひんやりしたひとふさ、ひとふさが舌の上でつぶれ、とろけていく。この粒子のきめ細かさといったらどうだろう。濃厚な香りとこってりとした旨《うま》みが、ぴんと立ったほの温かい舎利にからみつく。喉《のど》を通り過ぎた後も、舌の上にいつまでもふくよかな甘みが残る。こんなに豊かな気持ちになれるなら、少しも高いとは思えない。広瀬は青子の横顔や喉の動きをじっと見ている。

「ここのウニ、好きなんです。下手な店だと、ミョウバンの苦みが残っちゃうでしょう」

「ミョウバン？」

広瀬の目配せを受けて、一ノ瀬さんが控えめに口を挟んだ。

「ウニはとても繊細で、殻から出すとすぐに型崩れしてしまうんです。それを防ぐためにミョウバンにつけます。しかし、それには技術が必要で、ミョウバンの量やつける時間が正しくないと、広瀬様のおっしゃるように苦くなってしまうんです。うちは北海道の信頼できる業者からエゾバフンウニを購入しています。昆布を食べて育っているウニですから、味に甘みと深みがございますでしょう」

「ここのウニはさらに塩水に軽くつけてあるからね。醤油《しょうゆ》をつける手間がはぶけるし、ウニ本来の味が邪魔されなくていい」

広瀬はふっと表情を柔らかくする。それは、この間の会議で一瞬だけ見せたものと同じ、人の心に入り込む少年の眼差《まなざ》しだ。

「僕はシュノーケリングが趣味でね、よく古宇利《こうり》島にいくんですよ。とれたてのウニを自分でこじあけて海水で洗って食べるのが好きなんです。こちらのウニはその時のクリアな味わいを思い出させてくれるんです」

青子は、ふと彼の指からなめとるウニを想像してみる。広瀬の手はどんな手だろう。

「わあ、それ食べてみたい」

喉が鳴り、ついついそう口にしてしまう。待ってました、と言わんばかりに広瀬はさっと切り返してきた。

「いつか一緒に行きましょうか」

「いいですねえ、海。私は内陸育ちだから、あんまり海で泳いだ経験がなくて」

そう簡単にYESもNOも口にしない。もう少しこのどっちつかずのふわふわした関係を楽しんでおこう、と青子は内心ほくそえむ。それに、本当の願いは――。

一ノ瀬さんと二人きりで島を楽しみたい。夏のぬるい海に一日中漂っていたい。彼にたくさんの魚の種類を教えてもらう。二人で沖まで泳ぐ。砂浜で寝そべっておしゃべりをする。

一ノ瀬さんとならただ一緒にいるだけで、充実した時間が過ごせる気がする。アークヒルズもディスコも必要ない。

「ウニはよく夏の海を食べているようだ、と表現されますよね」

カウンターの下で、広瀬の手がそっと、自分のそれに伸びてくる。彼が満足するなら、指先ぐらい好きにさせてやろうと思った。なぜなら、青子の心と体は自由だからだ。誰のものでもない。一ノ瀬さんの手をとることが出来ないのと引き換えに、青子は無限の自由を手に入れたのだ。広瀬と指を絡ませながら、青子は早くも一ノ瀬さんの手から次はどのネタを受け取ろうかと忙しく頭を巡らせている。片想いには違いない。結局、自分という人間は、最後は一人ぼっちかもしれない。でも、なんという目がくらむような贅沢だろう。体中に美味がしみわたるこの満ち足りた心地と比べれば、愛だの恋だのなんて、どれほどのものだと思う。食べたいものを我慢したくない。自分の力で好きなものを好きなだけ。誰にも青子を縛る権利なんてないのだ。お金を払ってここに座るかぎり、青子のこの幸せは誰にも邪魔出来ない。広瀬が耳元でそっとささやく。

「ここに来たら、本木さんに会えるかな、と密《ひそ》かに期待してました」

彼の息はマルボロと海のにおいがした。

でも、やっぱり――。青子は深く失望する。広瀬さんの手からは命が感じられない。すべすべとしていて、指が細長く、爪が丸く整えられている。違う。この手じゃない。青子が抱き寄せられたいのは、こういう手ではない。

でも、すべてをつかもうとあがくのは、子供のすることだ。価値が変わらないものなんてこの世界にはたぶんない。だったら、今を精一杯楽しむ他ない。青子は広瀬の手をふりほどくと、さっと顔を上げる。

「ウニ、もう一つお願いしていいですか」

一ノ瀬さんはかすかに顎を引くと、付け場から客に向かって傾斜を描いている白木を横にずらし、箱入りのウニを取り出した。濡《ぬ》れた赤い手の中で、輝く舎利が見る見るうちに、かたちを成していく。

分厚く大きな手のひらから、青子は橙《だいだい》色が鮮やかな宝石をそっと受け取る。口に運ぶと、彼と二人きりの夏の海が、舌の上にゆっくりと広がっていった。

五　サバ　1987年10月23日

1

赤や黄色のランプが光の波になっているのに、それは青子の前をすげなく流れていくばかりだ。

かれこれ三十分以上、ここに立ちつくしている。六本木界隈《かいわい》では深夜の二、三時までタクシーがまったくつかまらない。「花金」ともなれば当然だ。最近ではJR主要ターミナル駅でも、終電後のタクシー待ちに一時間はざらにかかる。運転手の方もしたたかで、近距離の目的地を告げると乗車拒否されることも少なくない。

土地を売りさばき、何十億動かそうと、こんな時間に家に帰ることさえ出来ない。すっかり慣れているはずなのに、今夜はひどく皮肉に思えた。まだ十月とは思えないほど冷たい夜風が髪を乱し、ストッキングに包まれただけの足を容赦なく叩《たた》いた。腹立たしさがこみ上げてきて、傍らにいる後輩に説教を繰り返すはめになる。

「あなたが我慢すれば済むことだったじゃない。信じられない」

青子は振り返って浦和《うらわ》を睨《にら》み付け、いらいらと左手を突き上げる。品がないことは承知だがこの際、仕方ない。ヴィトンの財布から三万円を抜き取ると、車の波に向かって大きく振ってみせた。闇《やみ》の中で一万円札がひらひらと頼りなくはためく。同じような客が歩道にあふれていた。

今年の四月に入社したばかりの浦和智宏《ともひろ》は有名国立大経済学部卒で、最近の若者には珍しく無駄のない受け答えができる、論理的な思考の持ち主だ。曇りのない眼鏡に仕立てのいいスーツをすっきりと着こなし、清潔感のある佇《たたず》まいは年配の顧客らに受けがいい。しかし、呆《あき》れるほど融通が利かないのが欠点である。

今夜の酒の席も、浦和のおかげで危うく盛り下がるところだった。

いい値で土地を購入する取引相手であれば、不動産業者は金に糸目をつけずに接待する。今夜の相手は、千葉のゴルフ場経営者・森下《もりした》だった。

このところ、ゴルフ場開発に注目が集まっている。土地を担保にして「ゴルフ場開発を」と持ち込めば銀行はいくらでも融資してくれた。千葉の山奥であろうが、経営者の腕次第でいくらでも東京から人を呼べる時代だ。さらにゴルフ場の会員になることはステイタスにもつながっていた。会員権の売買だけでもかなり稼ぐことができるらしい。

森下は代々続いた地主一族の十五代目である。六十代半ばのでっぷりと太った彼は決して悪い人間ではないのだが、時々ぎょっとするほど粗野な一面を覗《のぞ》かせる。今夜も酔いがまわってくると、森下はにやにやしながら、おもむろに右足から革靴を脱いだのだ。

——ほら、とびっきりのグラスでシャンペンを飲んでみなさいよ。

ドンペリニオンの瓶をつかむと靴の中になみなみと注いでみせ、一番近くに居た浦和に顎《あご》をしゃくってみせた。六本木きっての高級クラブであるその店は、金さえ払えば客の無礼はいくらでも許される。同席したホステスらも、あらあらという風に笑っていた。

浦和の戸惑った顔を隣で見ていた青子はやきもきしていた。ぴくりとも動かない彼にしびれを切らし、意を決すると席を立ち絨毯《じゆうたん》に膝《ひざ》をつく。これくらいどうということもない。若さを失いかけている今、職場で女扱いされることも少なくなった。こうしている今も、同僚の男二人は助けるでもなく苦笑いを浮かべて見下ろしているだけだ。プライドなどかなぐり捨てねば。一瞬、亡き母の顔がちらついたが、必死で振り払う。「グリーン・ベリー・ヒル都市開発プロジェクト」を成功させ、ゴルフ場開発のチームリーダーとしてますます社内での期待も高まっている。こんなところでつまずく訳にはいかないのだ。靴クリームと森下の足の臭《にお》いに顔をしかめそうになる。唇が冷たい革に触れたその時、森下は笑って制した。

——女がやることじゃないな。あなたに免じてなかったことにするか。

あの時の惨めさが蘇《よみがえ》ってきて、青子はいっそうの怒りを込めて浦和をなじる。

「私だって、これまでホステスまがいの扱いもされたけど、ぐっと我慢したよ。それが接待だもの。下品ないたずらだって、笑ってかわせるようにならなくちゃならないの。騒ぎ立てるようじゃ一人前とは呼べないの。動じているとバレるのが一番みっともないことなんだよ。あなたは男でしょ。それで本当に営業マンなの？」

「はあ……」

浦和はなおも腑《ふ》に落ちない顔をしている。ややあって、遠慮がちに口を開いた。

「でも、やっぱりおかしいと思います。人の靴に入ったお酒を飲まなきゃ、契約がとれないなんて」

「新人の分際で会社の体質を批判するの？」

内心、ずきりとした痛みを感じていた。ふとした瞬間に、違和感を覚えることはしばしばある。何故《なぜ》、銀行は競争をしてまで金を貸し出しするのだろう。郊外ののどかな田園風景を削り取って、東京そっくりの住宅地を作ることにどんな意味があるのだろう。いつか日本全体でツケを払わねばならなくなるのではないか——。どこかで心を麻痺《まひ》させなければ、とても続けられない仕事だ。

「だいたい、会社の金が余ってるからと言って、いくらなんでも使いすぎじゃないでしょうか。毎晩毎晩接待ばかりで……」

口先だけで何もしないこんな部下でさえ、新卒で総合職採用された男というだけで青子より給料が良いのが、怒りに一層拍車をかける。チームリーダーとは名ばかりで、待遇は一般事務職とほとんど変わらない。残業代で稼いでいるのが実状だ。この業界では、女はいつもなめられ、まともに扱ってもらえない。どんなに青子が努力しようと、今は下にいる浦和にもいずれ抜かれる運命なのだ。

もういい加減、こんな若造のへりくつには付き合っていられなかった。

「あのねえ、そんなこと言ってるようじゃ、いつまで経《た》っても一流の営業マンになんてなれないわよ」

「一流の営業マン……、ですか」

浦和がくすりと笑った。

「なにがおかしいのよ」

かすかに莫迦《ばか》にしたような笑みに、青子はかっとなる。浦和は別人のように怜悧《れいり》な目を薄闇に光らせている。

「買い手があふれている昨今、モノが売れるのは当たり前でしょ。僕達のテクニックで売れているんじゃない。儲《もう》かるのは、時代のおかげですよ。でも、こんな稼ぎ方、あと二、三年で終わると思います」

淡々とした口調が頭に血を昇らせる。青子は気を抜くと手をあげそうな自分を、必死で律した。

「役にたたない人間ほど、そういう減らず口たたくよね。うんざりする。偉そうなこと言う前に一つでいいから目の前の契約をとってくればいいじゃないよ」

ようやく二人の前にタクシーが滑り込んできた。後部座席に両足を揃《そろ》えて乗り込みながら、青子は浦和を見上げる。

「乗らないの？」

「いいです。少し歩きます」

なんという生意気な――。青子は舌打ちをこらえる。金輪際、情けなどかけてやるものか。ドアが閉まるなり前を向き、こちらを見送る浦和など目に入れまいとする。座席に背中をもたせ、運転手に目黒の住所を告げかけて、やめた。

「ええと、千駄ヶ谷までお願いします」

恋人の祐太朗の住むマンションの名を告げる。向こうもホテル事業主の接待を終えて帰宅するところだろう。まともに食べていないのはきっと彼も同じだ。一緒に夜食をとろうとふいに思いついたのだ。スーパーマーケットはどこも閉まっているから、彼のマンションの前にあるコンビニエンスストアに寄ろう。あの一晩中明るい光で満たされた空間にさえ行けば、最近ではなんでも事が足りる。今年から、公共料金の支払いまで引き受けるようになったくらいだ。

このところ祐太朗とは、職場以外でほとんど顔を合わせない。それぞれ平日の夜は接待で埋まっている。彼は同僚とのフィッシングに夢中になっていて、休みは勝浦《かつうら》に船を出すことが多い。気ままに一人で過ごせるのをいいことに、青子は仕事を通じて知り合った広告プランナーの広瀬と会っていた。向こうにも女が居ることは重々承知しているので、割り切った気楽な付き合いだった。話題の豊富な彼と出かける美術館や映画のデートはそのまま血肉になるように充実していたし、食の好みもピタリと合う。さらに、モデルや女性コピーライターに日々接しているせいか、働く女性への理解度は祐太朗と比べものにならない。

でも、こんな夜に会いたいのは、祐太朗の方だった。先ほどの騒動ですり減った心のやわらかい部分を、彼のおおらかさや単純な明るさで補いたいと思った。

マンションの手前で降り、コンビニでスパゲティと卵と粉チーズを買う。生クリームを使わない本場のカルボナーラを作るつもりでいた。この間、広瀬のマンションで彼に作ってもらったレシピだった。エントランスのドアホンに合い鍵《かぎ》を差し込み、自動ドアをくぐり抜ける。エレベーターで五階を目指し、彼の部屋の前にたどり着いた。鍵が開いている。もう帰っているらしい。ユーミンの「SATURDAY NIGHT ZOMBIES」が聞こえてくる。録画した「オレたちひょうきん族」を見ているのだろうか。

「祐太朗、いるんでしょ？」

言いながらヒールを脱ぎ、リビングへと続く短い廊下を歩く。この部屋はかつて会社の持ち物だったから、間取りは隅々まで知り尽くしている。

青子は立ち尽くす。テレビの前のソファには、長年の友人である幸恵が祐太朗と並んで座り、強張《こわば》った顔でこちらを見ているのだ。その光景を呑《の》み込むのに、数秒を要した。

「幸恵？」

ブラウン管ではさんまがおどけ、ユーミンのからりと明るい歌声がかぶさる。

「留守番電話には　SATURDAY　NIGHT

墓場へ行って来ると残し　おいでよパーティーへ」

こんな陳腐な場面が、自分の目の前に繰り広げられていいのだろうか。青子は深呼吸すると台所に直行し、レジ袋に入った卵やチーズを冷蔵庫に放《ほう》り込んでいく。水道水をコップに注ぐと、一息に飲み干す。必死に冷静さを保たないと、パニックを起こしそうだった。再び、リビングに戻ると、祐太朗は立ち上がってせわしなく歩きまわり、幸恵はソファの上に正座をし、うつむいていた。テレビは消えている。

「なにこれ、どういうこと?」

祐太朗は青ざめた顔でもごもごと言い訳した。

「今日は接待で遅くなるって聞いていたから」

そういうことを聞いてるんじゃない――。思わず睨み付けると、祐太朗はいっそう慌てた。

「その、ごめん。俺たち、付き合ってるんだ」

「意味がわからない。嘘《うそ》でしょ。いつから?」

見過ごしていたいくつかの違和感が一度に押し寄せてくる。彼を失うかもしれないという悲しみより、身近な二人に裏切られたという悔しさがはるかに大きい。

「去年のクリスマスから……。本当にごめん。俺達、来年には結婚しようと思っているんだ」

呆気《あっけ》にとられていると、幸恵が泣きそうになって割って入る。

「ごめんなさい。青子。私がいけないの。でもね……」

幸恵の目は真っ赤だった。それを見て、本心から申し訳ないと思っているのがわかった。派手好きなお嬢さんに見えても、誰よりも寂しがり屋で保守的な恋愛観を持っているのが彼女だった。人を傷つけて何かを手に入れることなど、もしかして初めてなのかもしれない。同情に傾きそうな自分をなんとか奮い立たせる。

「青子はなんだって手に入れられるじゃない。自分の力で。自分一人でお鮨屋《すしや》さんにだって通えるじゃない」

こんな局面で「すし静」の話をして欲しくない。こちらの苛立《いらだ》ちが伝わったのか、幸恵はおびえた目つきで、声を落とした。

「私もう、来年は三十歳なの。不安なの。すごく……。祐ちゃんしかいないの」

くだらない。青子はうんざりして、ため息をついた。若くない女に価値がない、結婚し子供を産み育てるべき。そんなものは戦前のものさしだ。世界は日々、豊かに大きくなっているのに、この価値観の古さはどうだろう。東京生まれ東京育ち、何不自由ない青春を送ってきたくせに、幸恵はびっくりするくらい何も見ていないし、何も学んでいない。なんと怠惰な人生なのだろう。青子は今までこらえてきた彼女への軽《けい》蔑《べつ》の念がふつふつとたぎるのを感じていた。

「祐ちゃん、あなたのこと、すごく心配していた。仕事にのめりこむうちに人が変わったみたいになって、昔の良さを失ったみたいだって……。彼の相談に乗るうちに、いつのまにか……。私達、あなたが心配なだけなんだよ」

幸恵のどこか聖母然とした佇まいに、とうとう怒りが爆発した。

「裏切った上に私の生き方まで否定するんだ!?」

誰も理解してくれない。職場では一般事務職の女達からは遠まきにされ、男達からは煙たがられる。家族も表立っては口にしないが、青子の暮らしを肯定していない。親友も恋人もいつの間にか離れていった。どうして自分にはいつも居場所がないのだろう。

泣き出してもいいし、二人をひっぱたいてもよかったのに、青子はただありったけの蔑《さげす》みを込めて、睨み付ける。広瀬なんかと浮気するんじゃなかった、とつくづく思う。目の前の二人を完全な悪者にすることが出来ないではないか。

その時、テーブルの上に置かれた鮨桶《すしおけ》が目に入った。すっかり乾いたネタがつぶれた舎利に張り付いている。どす黒い鮪はおそらく冷凍モノだろう。この程度のネタで満足できる二人なのだ。与えられた状況をなんの疑問もなく受け入れることが出来る二人なのだ。きっと穏やかな家庭を作るのだろう。週末は回転鮨に出かけたり、時々はこうやって出前をとったりして、ウニやトロは子供に残しておく。温かいけれどけちくさい光景がお似合いだと思った。青子の沈黙を許しと受け取ったらしく、祐太朗は恐る恐る続けた。

「あのさ、こんなことになったけど、幸恵とは仲良くしてやってくれよな。彼女、お前に対してすごく申し訳なく思ってるんだ。不器用で、一生懸命なだけで、悪気はないんだよ」

「うるさい！」

すべてにうんざりして吐き捨てると、玄関に突き進んだ。背中を幸恵のか細い声が追いかけてくる。

「どこにいくの？　こんな時間に。一人じゃ危ないよ」

よくそんな質問が出来るもんだ、と呆れて振り返ると、おびえたように目を逸《そ》らされた。敗者から飛び立つ自由まで奪うのか。圧倒的な高みから哀れむようなこの目つき。傲慢《ごうまん》にもほどがあると思った。今は自分に傷つくすきを与えてはなるまい。

青子は奥歯を噛《か》みしめヒールを履くと、玄関のドアを乱暴に開けた。

こうなったら、もう誰の目も気にしない。やりたいようにやってやる。

2

暖簾《のれん》をくぐると、一ノ瀬さんが白い歯を見せた。

「お久しぶりです。しばらくいらっしゃらなかったので、心配していました」

目頭がじんわりと熱くなるのがわかる。この笑顔のために自分は日々我慢をし、心身をすり減らして、闘っているのだとつくづく思う。しばらく会わないうちに、一ノ瀬さんの目のまわりには皺《しわ》が目立つようになった。それがかえって落ち着きを与え、精悍さに磨きがかかっている。

ああ、白木の香りと酢のさわやかな風が体を吹き抜けていく。一瞬にして、汚れた衣服を脱ぎ捨て裸の自分を取り戻した気分だった。このところ眠っていた食欲がむくむくと頭をもたげる。

いつものようにカウンターの隅に座った澤見さんが、お猪口《ちょこ》を軽く持ち上げた。

「青子ちゃん、久しぶり。なんだい、顔を見せてくれなかったから、寂しかったよ。青子ちゃんは『すし静』のマドンナなんだからさ」

「ごめんなさい。最近はなかなか予定が見えなくて……」

そう言いながら、彼から一つ置いた席に腰掛ける。お運びの里子に燗酒を注文し、一ノ瀬さんに向き合う。

この店だけは、時間が止まっているようだ。初めて上司に連れてこられた時のまま、無知で瑞々《みずみず》しい娘でいられる。壊れ物のように大切に扱われる。芸術品のような鮨が手から手へと渡る瞬間、好きな男と肌がふれあう。

「お待たせいたしました。お燗と自家製の塩辛です」

里子が徳利とお猪口、小鉢をさっと並べた。

以前は彼女の溢《あふ》れんばかりの若さと幼さが癇《かん》に障ったこともあったけれど、この一年で里子はぐっと成長し大人びた。髪を男の子のように切りそろえ、化粧気のない顔はきりりと引き締まっている。常に客の様子にさりげなく目配りし、無駄なく動く様は清々《すがすが》しい。決して美人とは言えないけれど、こんな風に気が利く新入社員が欲しいものだ、と青子は目を細めたくなる。

塩辛は上に散らした柚《ゆ》子《ず》の皮のおかげで、ふくよかな味わいだ。酒が進みすぎないよう注意を払いながら、店内にゆっくりと視線を移す。

カウンターに座っている客の中には、ホステスのミキとその客らしき恰幅《かっぷく》の良い初老の男の姿があった。そうそう、確か大手レストランチェーンの会長ではないだろうか。経済誌のグラビアで見かけたことがある。

犬猿の仲だったミキとも、接待で彼女の店を使って以来、会えば儀礼的なあいさつくらいは交わすようになっている。互いに年を取り、丸くなったのだ。強い香水に濃いマニキュア、ソバージュヘアでかつて青子に顔をしかめさせた派手な女はもう居ない。地がねずみ色の友禅をさっそうと着こなし、鏡のような黒髪を乱れなく結い上げた彼女は、今は銀座の一流クラブのチーママなのだ。口惜《くや》しいけれど、同性から見ても惚《ほ》れ惚《ぼ》れするような女っぷりだ。爪先《つまさき》にほどこされているのは落ち着いたベージュ、香水もごく控えめで、なによりささやくように男に話し掛けながら徳利を静かに傾ける様は、昔の名女優のようだ。

店のどこに目をやっても、神経を逆撫《さかな》でする要素が一つも見当たらない。これほど豊かな時間が金で買えるのだったら、いくらでも稼ぐし払おうと思う。

——お前、どうして俺と「すし静」行きたがらないんだよ？　あの場所で仲良くなったようなもんじゃん。

昨晩、赤坂プリンスホテルのスイートで、広瀬は怪訝《けげん》そうな顔をしていたっけ。祐太朗と完全に切れた今、会いたい時に会える彼は貴重だった。広瀬がいなかったら、なにごともなかったようにして日常に戻ることは出来なかっただろう。感謝を忘れたことはないし、信頼してもいる。でも、青子を本当の意味で満たせるのは広瀬ではない。

「いい秋鯖《あきさば》が入ってるんですよ。本木様のお気に召すと思います」

彼の手の中にちょこんと現れた鯖の握りに、青子はうきうきと手を伸ばす。

銀色の皮は誘うような深い輝きを放っていた。身はほんのりと朱《あか》く染まっている。塩気、酸味、じんわりとしみ出す脂。ともに申し分ない。なにより、口にふくむなりほどける、舎利のふんわりとした広がりが何百回味わっても飽きることがない。

「青魚をこんなに好きになるなんて思わなかったなあ。脂にやられて、すぐ気持ちが悪くなって……」

「失礼ですが、脂がのり過ぎた鯖だとそういうことはよく起こります。『粉鯖』と呼ばれる類《たぐ》いのものですね。鯖は一年中食べられるものですから、水揚げの場所と時期をよくよく見極めるのが大切なんです」

「おかげで鯖が好きになれました。私の初めてはみんなこのお店です」

鯖の脂でしっとりと濡《ぬ》れた唇を人差し指で触れる。ほんの数日前、ここに森下の汚れた靴が触れたなんて、祐太朗と幸恵への罵倒《ばとう》の言葉が飛び出したなんて、信じられない。あれは現実ではない。そう、このカウンターでの自分こそが本当の自分なのだ。

一ノ瀬さんの前に座る自分が本当の自分なのだ。

澤見さんが思い出したように、体を付け場の方向に傾けた。

「ああ、さっきの続き。一ノ瀬くん、お祝いにいくらか包ませてよ」

「いけません。澤見様。大将からきつく言われていますので」

「じゃあ、せめて何か店のものを贈らせてよ。そうだ、なにかいい花瓶でも……」

首を傾《かし》げている青子に気付いた澤見さんがにっこりする。

「ここに置けるような花瓶がいいかな。それとも、新婚家庭ですぐに使える夫婦茶碗《めおとぢゃわん》がいいかな？　そうそう、ここは、おしゃれな青子ちゃんの感性に頼ろうかな」

「え……。夫婦茶碗？」

澤見さんが驚いたように、目をしばたかせた。

「あれ、青子ちゃん、知らなかったのかな。里子ちゃんと一ノ瀬くんとのこと。あ、そうだね。しばらく来てなかったもんね」

嘘《うそ》だ——。これは嘘だ。何かの間違いだ。

頭ががんがんと鳴っている。身を振り絞るような思いで彼を覗き込む。きっと、悪い冗談なんだろう。里子なんてまだ子供だ。一ノ瀬さんみたいに武骨な男が女を口説けるものか。

「え、一ノ瀬さん、結婚するの……」

一ノ瀬さんは軽く目を伏せたので、表情は読み取れない。しばらくして、彼は顔を上げた。そこにひとすじの後悔や罪悪感が滲《にじ》んでいればまだ救われた。こちらの好意に気付かないはずがない。しかし、一ノ瀬さんはまるで扉をぴしゃりと閉めるように、完璧《かんぺき》な笑みを浮かべたのだ。昔はこんな器用な芸当は出来ない男だったのに。

「ご報告遅れてすみません。年内には身内だけで小さな式を挙げようと思っています」

里子ははにかんだように、青子にそっとお茶を差し出した。こんな時なのに、いい玉露だな、と判断する自分が悲しかった。

「大将、これで一ノ瀬くんに安心して店を任せられるって喜んでたよ。一ノ瀬くんは不器用な職人気質《かたぎ》だから、しっかりした里子ちゃんとは破《わ》れ鍋《なべ》に綴《と》じ蓋《ぶた》だね」

青子は声が震えないように細心の注意を払う。

「そうか。里子ちゃん、どうりで綺麗《きれい》で大人っぽくなったと思ったな」

視界が歪《ゆが》み、自分の声が見知らぬ誰かのもののように降ってくる。

「私からも何か贈らせて欲しいな。ええと、そうだ。新居の相談ならいつでも乗るよ。

そうねえ、ここからだと人形町なんてどうかしら。いい物件が……」

絶えずしゃべり続けていないと、カウンターに突っ伏してしまいそうだった。あの後、どのネタをいくつ食べたのか覚えていない。早々に切り上げ、逃げるように店を後にした。

理不尽な憤りとはわかっていても、こればかりは許しがたい裏切りに思えた。冷たい夜風が胃を切り裂くようだ。口の中に鯖の脂がねばつき、ゆるやかな吐き気がこみ上げる。「すし静」に通い始め、不調を感じるのは初めてのことだった。一ノ瀬さんの仕事に落ち度はない。自分のコンディションの問題だ、と言い訳し、改めて絶望的な想《おも》いに浸る。

まだ、好きだ。いや、これからもずっとずっと、彼が好きだ。

ビルの隙間《すきま》によろよろと入り込み、ゴミバケツの前に身を屈《かが》めた。喉《のど》に指をつっこむが、透明な唾液《だえき》が流れ落ちるだけで、何も出てこなかった。見上げると細長い銀座の夜空に星がまたたいている。

自分はなんて莫迦《ばか》なんだろう。勝手に操を立てて、店に男を連れてきたことはなかった。カウンターは神聖な場所で、色恋を持ち込むべきではない、とどこかで自分を律していた。でも、一ノ瀬さんはそうではなかったみたいだ。付け場から、働く里子の姿をどんな気持ちで見つめていたのだろう。日に日に大人になる彼女に、どれほどの愛《いと》おしさを抱いていたのだろう。

結局、自分は誰からも選ばれない。この四年、「すし静」に通い続けるために、必死で働いた。常に罪悪感のつきまとう土地と金のやりとり。しかし、得たものとはなんだろう。やたらと肥えた舌と普通の男を威嚇するような食の知識。そろそろ下腹や顎周りに白い脂肪がつきはじめている。こんな面倒で食い意地のはった女、誰も欲しがらない。

東京にしがみつき続けた意味とはなんだったのだろう。こんな時、涙が出せたら、どんなに楽か。

「ねえ。大丈夫?」

振り返ると、ミキが佇んでいた。白くたおやかな手がそっと伸びてきて、こちらの背中をさする。その温かさに、気を抜くとすがりついてしまいそうだった。

青子はぶっきらぼうに言い放つ。

「なによ」

知り合って何年にもなるのに、まともに口をきくのはこれでたったの二回目だ。みじめな自分を笑いにきたならどうぞご自由に——。もはや、捨て鉢な気分だった。

青子はふてくされて立ち上がると、ミキを振り切るようにして路地を出て行く。みゆき通りに出るとタクシーを目で探した。ミキが背後でぽつりとつぶやく。

「この時間、タクシーはつかまらないよ。あんたならわかるでしょ」

彼女の言う通りだった。光の波がどこまでも続くのに、青子を乗せてくれる車はどこにもない。お金がいくらあろうと、一人で泣ける場所に帰ることすら出来ない。東京中にこれほどモノが溢れているのに、自分の手の中には驚くほど何もなかった。美食で満たされているはずなのに今、身も心もからっぽだった。来年で三十歳だというのに、何もつかめない。幸恵の発言を今はもう笑えなかった。

「ねえ、この後、飲みに行かない?」

ミキはぶっきらぼうに言った。

しばらく迷ったが、青子は彼女の方にのろのろと振り向いた。友達にも男にも好きな人にさえ背を向けられた今、銀座という海を知り尽くした回遊魚のようなこの女は、頼れる道しるべだった。

和光の時計台がやさしいと言っていいほどの静謐《せいひつ》さで、並んで歩く二人の女を見下ろしていた。

六　トロ　1988年12月23日

1

同潤会アパート前を足早に通り過ぎながら、青子は並木道のけやきを見上げた。
今年の冬、東京は暗い。天皇の容態が日に日に悪化するせいで、日本中が自粛ムードに包まれている。九月以降、お祝い事や運動会、お祭りなどが各地で取り止《や》めにされた。テレビを点《つ》ければ、騒々しいバラエティ番組の最中であれ、天皇の容態を知らせるテロップが流れていく。

こうして街を歩いていても、イルミネーションやネオンのきらめきが沈んでいるように見えた。どこに出かけてもワム!が流れていた、去年の爆発するような熱気を思い出すと、違う国の冬に感じられる。しかし、独り身のクリスマスシーズンに、この静けさはありがたいかもしれない。暗闇《くらやみ》に呑《の》み込まれてしまえば、色々なことが楽になる。夜空にぽっかりと体が浮かび、どこか楽な場所に流れていける気がする。今年のイブとクリスマスはよりにもよって土日にあたるのだ。平日ならば、忙しさにかこつけまぎらわすことも可能かもしれないが、この週末は一人きりの現実と向き合わねばならない。

広瀬は当然のように予定を入れているらしい。はっきりとは口にしないが、今お気に入りの女とハワイに出かけるのだろう。そのことに傷ついているわけではない。芸能人にモデル、彼の周りにはとびきりの美女が常にひらひら舞っているのだから。こちらとしても広瀬は気の張らない遊び相手だ。最近では、会う時もろくに化粧をすることがない。互いの欲を吐き出すように体を合わせ、寝そべったまま煙草《タバコ》を吸い、仕事の愚痴をいつまでもぶつけ合う。もはや、男同士のようなざっくばらんな関係に変わっていた。

次から次へとカップルとすれ違った。皆、あたたかそうなコートに身を包み、肩を寄せ合い、JR東海のクリスマスのCMそのものといった様子に、見ているこっちが恥ずかしくなる。決して、彼らが羨《うらや》ましいわけではないのだ。この季節を大切な誰かと過ごさねばならない、という概念はマスコミの莫迦《ばか》げた刷り込みだということもわかっている。それでも、周囲が楽しげであるほど、取り残されたように感じるのは事実だった。

去年、会社の先輩である大島祐太朗と別れてから、青子に決まった恋人はいない。三十歳のラインを飛び越えてしまえば、色々なことから自由になれるかと思っていたが、焦りも寂しさも何一つ消えていない。どこまで行っても、思い描いていたような強く迷いのない人間になれそうにない。

こうしている今も昭和の終わりは音もなく近づいている。肌を切るような冷気に、思わず目をつぶった。

文明が生まれる前、夜はどれほど静かだったのだろう。国道246号の信号が変わるのを待ちながら、青子は唐突にそう思った。うっすらと青い東京の夜空をあおぐ。

古代、闇ははかり知れないほど大きく、すべてを飲み込む神のような存在だったはずだ。夜空を見上げるたび、人間は星の輝きを楽しむよりもまず、恐怖を覚えていたのではないだろうか。自分が取るに足らないちっぽけな存在で、地球の歴史の上ではほんの一瞬で消えて行く真実を突きつけられ、息も出来なくなったはずだ。自分の力が決しておよばない圧倒的な何かを前にした時、人は目を閉じずにはいられなくなる。そんな時、一人うずくまり、体を抱きしめて眠れる場所は、彼らにとってよりどころであったはずだ。木の根元であれ、洞窟《どうくつ》であれ、かけがえのない居場所であったはずだ。住居とは本来そうした、個人的な領域であるべきなのに。他人がずかずか踏み込んだり、勝手に値踏みをする場所ではないのに。

これから始まる罪悪感を伴うやりとりを思うと肩や腰が強張《こわば》るようだ。どう言いつくろっても、なんの罪もない老人を札束でひっぱたき、住み慣れた土地から追い出すことに変わりはない。信号が青に変わった。左手に提げた老舗《しにせ》和菓子店の紙袋にちらりと目をやると、青子は肩幅の大きなキャメル色のコートの胸元を合わせてショールを巻き直し、横断歩道を足早に歩き出す。

青山骨董《こっとう》通りに大型ファッションビル「青山プレジデンス」を建設する計画は、昨年末から急ピッチで進んでいる。たった一つのビルを除いて、敷地内の建物はすべて売却手続きが済んでいた。今日は、最後の一人となったその家主を説得するよう、上司に命令されている。湾岸部のマンション開発担当の自分がこうして駆り出されているのは、もちろん、過去の実績を見込まれてのことだ。

――本木の出番だな。頑固な年寄りは得意分野だろ。あのジイサンのせいで、何千という人間がストップを食らうわけにはいかないんだよ。

地価はいよいよ高値安定期に入っている。円の力に惹《ひ》かれて来日する外国人も後を絶たない。青山という土地柄もあるのだろうが、こうしている今も何人もの白人とすれ違う。その一方で千代田区の人口が五万人を割り込み、都心部の住民が区外に流れた。二十三区内の人口はバランスを失い、東京はますます混沌《こんとん》を極めている。古いものは容赦なく淘汰《とうた》され、都市は一分一秒進化を続けている。それを最前線で見守ることのできる不動産業から、青子はどうしても足を洗えそうにない。疑問や罪悪感を乗り越えてでも、東京がどこに向かうのか、この目で見届けたかった。

骨董通りに面して、その細長いビルはぽつんと佇《たたず》んでいた。一階はアンティークを扱った店舗になっている。買い占められた周辺の土地は更地にされ、いわゆる「歯抜け」状態だった。「立ち退き反対」と力強い筆致で描かれた看板から、思わず目を逸《そ》らす。

ガラス扉を押すと、真鍮《しんちゅう》のベルが鳴り、石油ストーブの懐かしいにおいがした。しゅんしゅんというやかんの沸騰する音に幼い日を思い出す。ランプシェードの柔らかい光が店内を飴色《あめいろ》で満たしていた。

「ごめんください。野上産業営業部の本木青子です。ご挨拶《あいさつ》にうかがいました」

外観からは想像もつかないほど、奥行きのある店だった。所狭しと古道具が並ぶ。外国製置き時計、オルゴール、フランス人形、壺《つぼ》や花瓶……。歩くたびに床が鳴る。外国製の粉っぽいチョコレートとロウソクの入り混じったにおいがした。こうした店は遅かれ早かれ、東京から消える運命にある。自分がやらなくてもきっとそのうち誰かが手を下す。足を進めながら、何度もそう言い聞かせた。レジ奥に座って本を読んでいる、毛糸帽子の老人が面《おもて》を上げる。見知ったその顔に、青子は小さく声をあげた。

「澤見さん……」

「野上産業って聞いたから、もしやとは思ってたんだけど、本当に青子ちゃんだったんだね」

　澤見さんは特に驚いた様子もなく、やあ、と腰を上げる。もちろん彼が青山で骨董の店を開いているのは知っていたが、書類にオーナー名は「守谷貞夫《もりやさだお》」とあったから、その可能性を疑ったことはなかった。

「澤見はペンネームだよ。骨董に関する随筆をこれまで何度か執筆していてね。先代の大将が楽しみに読んでくれたんだ。あの店ではずっとそう呼ばれている」

　彼は説明しながら、やかんのお湯で紅茶を淹《い》れてくれた。一連の仕草は女性的で、店で見るより、一回り小さく見えた。なんとか気持ちを奮い立たせ、菓子の包みを差し出し、勧められるままにマホガニーの椅子《いす》に腰を下ろす。小鳥と蔦《つた》の柄のティーカップに口をつけた。こちらがまだ何も言わないうちに、澤見さんは切り出した。

「いくら君の頼みといえども、うんと言うわけにはいかないんだ。こんな店でもね、いろんな思い出がある。人生のほとんどをここで過ごしてきたからね。ねえ。青子ちゃんはあと、何年くらい生きるつもりでいる？」

　予想外の質問に面食らっていると、澤見さんはふっと置き時計を見つめた。

「この年になるとね、毎日死について考える。一分一秒、死に近づいているんだなって、常に意識しているよ。こうしてる今もね。だから、性に合わないことは絶対にしたくない。不快で居心地の悪い時間は極力避けたいんだ」

きっぱりと言った後で、澤見さんはいつものようなのんびりした口調に戻った。

「僕はね、新しいものより、古いものに惹かれる。時代遅れと思われるかもしれないけど、がらくた一つ一つが持つ膨大な時間に物語を感じるんだな。そこに込められた物語に想像をめぐらすだけで、心が檻《おり》から解き放たれて、自由になれる気がする。僕があの店が好きなのもね、時間の流れを変えてくれるからだよ」

「あの店」と聞いて、青子は思わず彼から目を逸らした。唇を噛《か》み、紅茶に浮かぶランプシェードの光を見つめる。この一年間、「すし静」には足を運んでいない。一ノ瀬さんと里子の結婚報告を聞いてからというもの、どうしても鮨《すし》を食べたいとは思えなくなってしまった。どんな顔をして、あのカウンターに座ればいいのかもわからない。それでも、彼とその手を思い出さない日は一日もなかった。

「僕らはね、あの店で時間を食べているんだよ」

首を傾《かし》げていると、澤見さんは手元にあったオルゴールのネジを巻き始めた。

「江戸から伝統が受け継がれてきた時間、職人が技術を身につけるまでにかかった時間、魚が水揚げされて市場に出るまでの時間、仕込みにかける時間。そういうものが、ひとつの握りに全部集約されている。僕らはその時間に敬意を払って、こちらの時間を差し出しているんだよ」

オルゴールのバレリーナがくるくると回転を始め、ワルツが二人の間に流れた。青子は無言のまま、それを見つめる。澤見さんの言う通りだ。金を稼いで店を予約し、銀座に繰り出す。ネタの知識、マナーや食べる順番を学ぶ。定期的に通い、職人に顔を覚えてもらう。確かにあのカウンターに堂々と座れるようになるまでに、青子は気の遠くなるような時間を費やしてきた。だから、里子が憎くてたまらなかったのだ。風のように現れてあっという間に一ノ瀬さんの心をとらえた彼女。どうしても比べてしまう。どうして自分だけがこんなに損をしているのだろう、と惨めだった。かつては誇りだった、常連客という立場までいまわしく感じられた。

「また、『すし静』に来なさいよ。青子ちゃんがいないと、一ノ瀬くん、つまらなそうだよ」

「そんなことないです。私はただの客ですから」

用心深く、彼の目を窺《うかが》う。自分の気持ちなどとっくに見透かされていたのではないだろうか。しかし、澤見さんの表情に下世話な色や勘ぐりは見受けられない。

「僕は二人の間に信頼関係が見えるんだよな。この五年半、ずっと君達を見てきたけど、お互い育て合ってきたじゃないか」

「育て合う？」

「そうだよ。あの店に初めて来た夜を覚えているかな。一ノ瀬くんは無愛想な見習いで大将に叱《しか》られてばかり。青子ちゃんは上司に連れられておっかなびっくりの、ヅケも知らない女の子。君達は一緒に切磋琢磨《せっさたくま》してきたんじゃないのかな」

喉《のど》に硬いものがこみ上げてくる。確かに一ノ瀬さんは青子に鮨を差し出し、新しい知識を授けるたび、明るく愛想が良くなっていった。青子もまた、彼の手から鮨を受け取るたびに、強くたくましく成長していった。

「なにも、恋愛や結婚だけじゃないと思うよ。男女の関係って」

鼻の奥がつんと痛い。澤見さんは途端にがらりと声のトーンを変える。

「というわけで、この店は売らないよ。いくら金を積まれても、思い出を捨てるつもりはない。帰ったら、君の上司にそう伝えてくれ。それとこれも持って帰ってくれ。僕は酒飲みだからね。甘い物は受け付けないんだ。知ってるよね？」

柔らかな、しかし有無を言わさない力強さで、澤見さんは菓子の紙袋を押し戻した。

2

墨を流し込んだような東京湾が夜空と混じり合っている。ロマンチックといえなくもない光景だが、こうも寒い上、一緒にいるのが部下の浦和ともなると、心は少しも動かない。建設途中のマンションを内見した帰り道、二人は新木場の湾岸道路沿いを駅に向かって歩いていた。今年に入って、ウォーターフロントに注目が集まっている。湾岸部の埋め立て地に相次いで若者向けレジャー施設とマンションが建設されていた。和光市から新木場をつなぐ営団地下鉄も開通し、利便性も申し分ない。

「今年は自粛ムードで忘年会もなし、新年会もなしか。僕はくだらないと思いますよ。本気で自粛したいというより、単に空気に呑まれて横並びしているだけじゃないですか。日本人の異常なところですよ」

海沿いに佇む、巨大ディスコの灯《あか》りがちらちらと瞬いている。

彼のこんな物言いにも、この一年ですっかり慣れた。かつては緊迫した空気が流れたこともあったが、今では思ったことは包み隠さず話せる数少ない同僚である。

「不謹慎なこと言わないの。それ、絶対に他の人に言うんじゃないよ。どうせ、新年会や忘年会をやったとしてもそれはそれで嫌がるくせに。プライベートは自分のものですから、なんて言っちゃって」

「なにカリカリしてるんですか。『青山プレジデンス』の契約交渉、失敗したからですか。『ジジイキラー』の本木さんでも説得できないお年寄りっているんですね」

「うるさいなあ」

「まあ、でも遅かれ早かれ、あの土地は手放さなきゃいけなくなると思いますけどね。あの頑固なおじいさん。あれだけ金積んでも動かないとなると、会社も実力行使に出るしかないでしょう」

澤見さんがこの先、どんな目に遭うのか、今は想像したくない。もちろん、暴力団を使うような真似《まね》はしないだろうが、家族にデマを流して仲違いをさせたり、弱みを探って猫なで声でさりげなく脅しをかけることは、日常茶飯事だった。お世話になった彼のために身を挺《てい》して闘わない自分は、やはり汚れていると思った。それ以上、聞きたくなくて、青子は話を変えることにする。

「みんな、水の傍《そば》がすきだよねえ。最近の若い人」

人気トレンディドラマには必ずといっていいほど、プールや海、運河の傍のロケーションが登場する。流行《はやり》の飲食店にはライトアップされた水槽が飾られている。広瀬の住むデザイナーズマンションのエントランスにも、無意味な水のオブジェがあることを思い出す。

「だって、海とか運河を見つめていると、時間を忘れるじゃないですか。水が喧噪《けんそう》を吸い取ってしまう。きっと、みんな、時間を止めたいんですよ。あまりにも騒々しい世の中だから。お金でなんでも買えるけど、時間だけは買えないじゃないですか」

どきりとして、彼の横顔に目を向けた。静かな眼差《まなざ》しで浦和は海を見つめている。同じ種類の気持ちを抱えて、街を見つめていた人間がこんなに傍にいたとは。

「浦和くんって田舎どこだっけ」

「田舎はありません。東京生まれ東京育ち。だから、すごく憧《あこが》れるんですよね。故郷って。海とか山が見える風景も、惹かれる。本木さんは栃木でしたっけ」

「うん。かんぴょう畑やってるの。古〜い農家よ」

「かんぴょう……。ああ、ユウガオの実からできるんですよね」

「詳しいじゃない。姉の夫が体を壊しちゃって、跡を継げそうにないみたい。かんぴょう栽培って早起きがキツくて、見た目よりずっと大変なんだよ。だから、私に早く結婚しろ、って父はうるさいの」

年末年始は帰郷する予定だけれど早くも憂鬱《ゆううつ》だ。いまだ結婚せず、東京を離れるつもりがない青子に、年々あたりが強くなる。正直なところ、都内のマンション購入も視野に入れつつあるのだが、なかなか言い出せない状況だ。

「ねえ、東京湾って今、綺麗《きれい》なのかな。美味《おい》しい魚ってとれるのかな?」

一ノ瀬さんはよく、江戸時代の鮨文化の話をしてくれたっけ。当たり前だが、烏賊《いか》も穴子もその頃はすべてここでとれたという。

「最近の埋め立てで東京湾の面積がまた狭くなった上、すべて護岸化されていますよね。魚は育ちにくいんじゃないですか。水質の問題までは、僕にはよくわからないですけど」

だとしたら、今目の前に広がるのはハリボテの海だと思った。眺めるためだけに存在する海。ディズニーランドの「カリブの海賊」や広瀬のマンションのオブジェのような。このハリボテの海に浮かぶ東京もまた、巨大な作り物だ。作り物の切なさとおかしさが、青子はあらためて好きだと思った。本物を追い求める一ノ瀬さんとは生き方からして違う。二人の人生が交わらないのはしごく当然なのかもしれない。それでも今、唐突に、彼に会いたいと思った。どうせ立場は客でしかない。金で買える一時のいつわりの関係なのだから、会いたい時に会わなくてはと思った。

「有楽町線って、銀座一丁目も停《と》まるよね」

全線開通したばかりの営団地下鉄には乗り慣れていないので、そう確かめた。浦和は怪訝《けげん》な顔をし、ずけずけと言い放つ。

「なんですか。こんな時間に銀座行くんですか。有名クラブのママとツーカーって噂《うわさ》、本当だったんですね。ああいう店で一杯ひっかけるなんて、本当に権力オヤジみたいだなあ」

「うるさいなあ。ミキとはただの友達。あんな気の張る店、プライベートでは絶対にいけないよ」

この一年でミキが随分と心の支えになってくれた。辛辣《しんらつ》だが、銀座の夜を渡ってきたプロらしい的確な助言をくれ、いつしか食事や映画を共にする仲になっていた。親友の幸恵を失った今、貴重な存在だった。今年の春、祐太朗と入籍した幸恵は二世帯住宅に改築した彼の実家に住み、子供を授かったばかりらしい。もう会うこともあまりないだろうが、苦い気持ちはすでに消えている。彼女なりのやり方で人生をつかんでいるのなら、それが一番だと思った。社内ですれ違う祐太朗も気力に満ちた顔をしているから、きっといい家庭を築いているのだろう。

しつこく詮索《せんさく》する浦和を振り切り、銀座一丁目に到着したのは三十分後だった。ここ数年で東京は本当に狭くなったと思う。正しい交通手段さえ選べば、どこに行くにもひとっ飛びだ。

一ノ瀬さんに再び向き合う――。何度も何度も思い描いた光景が、今夜叶《かな》おうとしている。緊張のあまり、カフェバーに飛び込んで、カクテルを何杯もあおった。ふらつく足どりでみゆき通りを歩くと、ネオンがぼんやり滲《にじ》んで見えた。銀座がこれほど静かだったことはない。少女時代、日が暮れた田んぼのあぜ道を足早に走り去った記憶が蘇《よみがえ》る。一目散に我が家を目指した。母のぬくもりや居間の灯りが恋しくて、夢中で走った。今、自分はどこに向かおうとしているのだろう。もしかして「すし静」はもう一つの故郷なのではないか。自分がこうもあの店に執着するのは、あそこが帰るべき場所だと本能で知っているからか。

一年ぶりの「すし静」は懐かしい静謐《せいひつ》さで、小さな灯りを点《とも》していた。藍染《あいぞ》めの暖簾《のれん》をくぐり、震える手を引き戸に掛けるとあの声がした。

「申し訳ありません。本日はもう閉店ですが……」

思わず小さなげっぷが出て、青子は真っ赤になる。付け場に彼が立って、こちらを見ていた。他に従業員も客の姿もない。完全に二人きりだった。一ノ瀬さんは体を強張らせ、目を見開いた。突然の青子の出現に、困惑を隠せていない。

一ノ瀬さんは、記憶の中の彼より、輪郭がはっきりと、力強くなっているように感じた。たっぷりと余裕があり、身一つで人生を渡っていく強靱《きょうじん》さが、太い手首や筋張った首筋、目の光に表れている。こんなに大きな人だったろうか。おそらく幸せな結婚生活を送り、店を継ぎ、充実した人生を送っているのだろう。そう思ったら、突然むらむらと怒りと悔しさがこみ上げてきた。自分には手に入らないものばかりではないか。こんな想いは今日で終わりにしたいと、奥歯を噛みしめる。

「本木様、お久しぶりでございます」

予約もしないで、この店を訪れるのは初めてだった。そう、彼の都合も店の状況も何も考えていなかった。明日の仕込みもあるだろう。年の瀬で忙しいだろう。感情にまかせていいことなど一つもない。もう嫌われた――。青子はやけっぱちになる。化粧もはがれている。酒も入っている。このところ美容もおざなりだ。ここに来る時は清楚《せいそ》でさわやかな出《い》で立《た》ちを心がけてきたのに、すべて台無しだ。カウンターにどしんと腰を下ろすと、出来るだけ雑に言い放つ。

「トロください」

一ノ瀬さんの表情にははっきりと困惑が見えた。そう、鮨職人の一番嫌がる注文方法だった。いきなりこってりとしたネタから頼むやり方を、かつて青子は軽蔑《けいべつ》していたものだ。淡泊な白身や貝からスタートし、上り詰めるように味わいの濃厚な魚へと向から手順を、すべてすっ飛ばしてしまおう。後悔でひりひりしながらも、青子は挑発的に彼を睨《にら》む。

香水の匂《にお》いがぷんぷんしている。爪《つめ》は真っ赤に塗りたくっている。ワンレンのロングヘアは少し下を向いただけで、カーテンのように顔を覆う。普段は女らしいとされるかき上げる仕草は、ここでは不潔に映るだろう。髪をまとめるゴムもクリップも持ち合わせていなかった。五年間かけて大切に積み上げてきたものを今、自らの手で叩《たた》きつぶそうとしている。もう、いっそ徹底的に嫌われて、終わりにしてしまおう。恋しい気持ちに食い殺されるのはごめんだ。小さな期待をかき集め自分に都合良く解釈して舞い上がり、地べたに叩きつけられるのを繰り返すことに疲れた。このままトロだけ頼みつづけて、この店にはもう二度と来るまい。

一ノ瀬さんは顎《あご》を引くとおもむろに後ろを向く。彼の手に鮪《まぐろ》の頭があった。厳かな調子で彼は言った。

「カマトロを召し上がっていただきます。青森の三厩《みんまや》でとれた上等な鮪です」

青子は思わず喉を鳴らす。大トロのさらに上をいく、鮪の頭からごく少量とれる最上級の霜降り部分。彼の手の中で薄く切り取られる赤身はレースのようにサシが入っていて、上質な牛肉にしか見えない。おそらく今夜、日本でこのカマトロを口にする人間は十人といないだろう。一ノ瀬さんは舎利をさっとつかみとる。カマトロと一緒に素早く握ると、煮きり醬油《じょうゆ》を一塗りした。彼の手の上に、白い線をいくつも走らせる赤い握りが現れた。青子はそこから目を逸らさずに手を伸ばし、口に運ぶ。

脂に負けないよう山葵はかなり強い。カマトロは舌の熱で、流れ星のような早さでさっと溶けた。ふくよかなコクと海の甘い香り、とろりと脂のからんだ飯粒だけがわずかに舌に残った。そのはかなさに、青子は泣きそうになる。始まったと思ったら、もう終わり。素晴らしい時間は、瞬く間に通り過ぎてしまう。気付くと、涙があふれていた。

「山葵、強すぎましたか？」

彼の心配そうな顔が滲んでよく見えない。もう取り繕う余裕は残っていなかった。

「いいえ、こんなに美味しいとなんだか悲しくなっちゃって。美味しいものほど、あっという間に終わっちゃうから」

しばらくして、一ノ瀬さんがぼそぼそと言った。

「本木さんの、そういう感性がとても好きです。僕がうまく言葉に出来ないことを、ちゃんと言葉にしてくれる。僕もカマトロを食べるとほんのり悲しくなるんです」

好き、という言葉に体が震えた。もう三十歳だというのに、中学生のように心が暴れ出す。まるで神様であるかのように彼を見上げる。
「私だけじゃないんですね……」
「最高に幸せな時、ふっと悲しくなるのと似ていますよね。男にこの感覚はわからないと思って
いた。一ノ瀬さんにもそんな瞬間があるのだろうか。川本君も祐太朗も広瀬も、豪華な料理やレジャーを前にすると心から楽しそう
だった。ほんの少しでも、青子が静かな色を見せるとなじるような発言をした。彼ら
に寄り添えない自分が後ろめたかった。どんな恋愛をしていても、いつも寂しかった。
「次は中トロを召し上がっていただきます」
有無を言わさない口調でそう言うと、彼はしばらくして手のひらを差し出した。な
んだか勝負を挑まれているようだ――。彼の手の中で、明るい紅色の握りがきらきら
と輝いている。大きく男らしく太い指なのに、皮膚だけが子供のように薄い。指紋も
見えない。体のパーツというには、あまりにも独立している。水をくぐり、魚の脂と
年月の染みこんだ、生きている歴史だと思った。今ここで両手を伸ばし、頬《ほお》ずりでき
たらどんなにいいか。もしかして、こんなにもこの手に惹かれるのは、澤見さんが骨
董を愛するように、青子もまた、この手から広がる膨大な時間を敬愛しているからか。
中トロはとろけるようだったが、カマトロより大分長く口の中に残った。鮪の旨《うま》みと

香りが堪能《たんのう》でき、先ほどの悲しみが消えていく。

青子の注文をまったく聞かず、一ノ瀬さんが矢継ぎ早に差し出したのはヅケだった。

攻撃的な気持ちはとっくに失《う》せていた。懐かしい味がする。最初にこの店で味わったのはヅケだった。あの頃の自分は社会のことも食べ物のことも男のことも、何も知らなかった。鮪のさくりと切れる感覚、芯《しん》まで醤油が染みこんだ旨さに青子は思わず微笑《ほほえ》んだ。

「私、やっぱり、トロよりヅケの方が好きかもしれない。より長く味わえるから。あまりにも口溶けが早いと、寂しくなっちゃうんです。烏賊とか貝とか、そういうのから始めないと、やっぱり落ち着かないものですね」

「そうですね……。今日はこってりしたネタから始めましたから、徐々に淡泊なネタにしていきましょうか」

「じゃあ、おまかせで」

自分が生き返っていくのがわかった。トロ、中トロ、ヅケ、鰤《ぶり》、鯛《たい》、烏賊……。食べ進めるうちに、次第にかつての気持ちが蘇ってくる。食べることが純粋に楽しくて、一ノ瀬さんの手元を見つめるのに夢中だったあの頃の。

手のひらから鮨を受け取りながら、このカウンターで二人は時間を交換してきたんだ、と気付く。一ノ瀬さんの時間は鮨に、青子の時間は金に形を換え、互いを惜しみなく奪い合い、与え合った。この時が止まったような静かな銀座の夜、それぞれが大切な時間を交換する行為は、食事を超えた何かに思えた。これで十分ではないか。青子は重たい荷物を下ろした気分になる。目の前の手をにぎることはこの先、一生ないかもしれない。でも、こうして互いの時間を交換し合えば、それで十分、相手に関《かか》わったといえるのではないだろうか。自分が東京に残った理由がようやくわかった。仕事や恋愛に未練があったわけではない。誰かと強く関わりたかった。誰かの人生に足跡を残したかった。

自分が不幸せな女だと、どうして決めつけていたのだろう。

「今年はどんな一年でしたか?」

決まり切った社交辞令のはずなのに、体に染み入るようだった。一ノ瀬さんの目はとても優しい。この人はもうすぐ父親になるのかもしれない、と青子は直感する。

それでもいい。他人の幸せな家族の風景を思い浮かべ、自分をすり減らすのはもうやめよう。守るべき小さな存在を抱いた彼の手が、次はどんな鮨を生むのか、握りの加減はきりりと引き締まるのか、ふんわりと柔らかくなるのか、そちらに関心を傾ける方が、きっと自分の生き方には合っている。手に入らないものを思って、きりきりと胸を焦がすことにもう疲れた。

「慌ただしくて、忙しいばかりで、余裕がなかったです。もしかすると、楽しむことを忘れていたのかもしれませんね」

「来年はもっといい一年になるといいですね。お仕事、お忙しいでしょうが……」

「そうですね。でも、出来るだけ、時間をつくって、またここに通えるようにします」

一ノ瀬さんは包丁をまな板に置くと、おもむろに付け台から体を離した。そして、初めてといっていいほど、こちらの瞳《ひとみ》を真《ま》っ直《す》ぐ見つめ、嬉《うれ》しそうに微笑んだ。青子はしばらくの間、射貫《いぬ》かれたように動けなかった。

「おかえりなさい」

喉仏が大きく波打ち、顔にくしゃくしゃと皺《しわ》が集まる。彼のこんな屈託のない表情を見るのは、この五年で初めてだった。自分の唇がいつになく潤っていることに気付く。本当に好きなものを誰かと向かい合って食べると、瞳と唇はしっとりと甘く濡《ぬ》れる。そんなことを久しく忘れていた。一ノ瀬さんが出してくれた玉露が喉をすべり、熱さと苦みを指先にまで行き渡らせる。人が淹《い》れてくれたお茶というのは、改めてとても美味しいものだと思った。正月は父と姉にお茶を淹れてあげようと決めた。

年が明けてすぐの一月八日、平成がやってきた。

七　ギョク　1989年11月25日

1

日は高く昇り、ブラインドの隙間《すきま》から陽光をベッドにぽたぽたとこぼしていた。
とっくに目は覚めているのにまどろんでいる時間を、青子は睡眠《すいみん》より大切にしている。とろとろと心も体もひとつに溶け合い、この先なんの不安もない気がしてくる。母親のお腹《なか》にいる胎児とはこういうものなのかもしれない。広瀬と自分のにおいの染みついた布団にくるまり、ぬくぬくと温かい、どっちつかずの怠惰な快楽をむさぼる。それだけで、平日に溜《た》まった疲れが蒸発していく気がした。

湾岸部開発チームに配属されて一年半が経《た》つ。主任に昇格し、部下をまとめるようになった。自分より年上の男性社員にも指示を出すことへの躊躇《ちゅうちょ》は消えない。セクシャルハラスメントが社会問題となっているせいか、恐れていたような表立った嫌がらせは起きていないものの、ふいに書類を隠されたり、身に覚えのない性的な噂話《うわさばなし》の的になることは多々あった。気を抜くと緊張感に押しつぶされ、少しずつ自分の核がすり減ってしまいそうだ。睡眠や健康に気遣うのはもちろん、時間を作っては、美食を楽しんだり旅行をしたり、とリフレッシュを心がけているせいで、平社員の頃よりもむしろ出歩いているかもしれない。体力が続く限りはこのめまぐるしい生活を維持したい。こうして広瀬のマンションに泊まることも青子にとっては充電作業の一環のつもりだ。先のない関係を割り切れるようになってから、色々なことが楽になってきた。自分に恋愛や結婚はおそらく、あまり向いていない。ならば、一人の時間を思いきり大切に慈しむことに決めた。

こうしたライフスタイルは青子だけに限らない。昨年、情報誌「Ｈａｎａｋｏ」が創刊され、独身ＯＬの生み出す流行に注目が集まっていた。女性向けワンルームマンションの人気はますます高まり、収入のあるシングル中心に経済が動いている気がする。

インターホンの音に布団からしぶしぶと顔を出す。広瀬は休日出勤らしく、青子が寝ている間に勤め先の広告代理店に出かけていったようだけれど、忘れ物でも取りに来たのだろうか。

体を起こし、広瀬の部屋に置きっぱなしにしてある民族調のワンピースを身に着けると、ペイズリー柄のショールを羽織って玄関へと向かう。扉を開けると、そこに居たのは小柄な初老の女性だった。まったく予期していなかった来訪者に、青子は体を強張《こわば》らせた。彼女は、あら、と小さく声を上げ、それきり青子の姿をまじまじと見つめる。決して高いものではないが手入れの行き届いた灰色のコートに、やや黒く染めすぎた髪を丁寧に撫《な》でつけている。胸には風呂敷包《ふろしきづつ》みが抱えられていた。ボタンのような丸い目を見開き、おびえたように口をすぼめる。

「あれ、あの……、省吾の母ですけど、あの子は……。ええと、そのあなたは」

右腕にかけたがまぐちのハンドバッグは、亡き母が持っていたものとよく似ていた。金属部分はやや黒ずんでいるものの、よく磨き込まれている。きっと毎日を丁寧に暮らす善良な女性なのだろう、と気付いた瞬間、青子は芝居を打つことを思いつく。広瀬を恋人とは到底呼べないし、結婚なんて一度も考えたことがない。でも今は、せっかく遠方から訪ねてきた彼の母親に不快な思いをさせたくなかった。腹が決まると言葉はすらすらと出てきた。

「こんな格好で申し訳ありません。省吾さんとお付き合いをさせていただいている、本木青子と申します。都内の不動産会社で働いております。お母様のお話はいつもうかがっております」

「あら、あの子ったら、そんなこと一言も……」

胸元をかき合わせ極めて柔らかな態度を心がけて、広瀬の母を部屋に招き入れる。

見る見る間に、彼女の顔から緊張が消え、安心した微笑が広がった。下着や衣服が散らばっている寝室のドアをさりげなく閉め、ダイニングキッチンに面したリビングへと誘導する。幸い、綺麗《きれいず》好きの広瀬の部屋は独身男性にしては片付いていて、大きな水槽には観賞魚が悠々と泳いでいる。何度か来たことがあるのか、彼女は慣れた様子でソファに座る。

「お母様、お茶でもいかがですか」

この部屋のダイニングキッチンに立つのは三年半になる付き合いの中でこれがほぼ初めてだ。目についたやかんに水を入れコンロにかけると、急いで茶筒や急須《きゆうす》を探す。料理好きの彼はよく台所に立ちパスタやピラフを作ってくれるものの、決して女を入れようとはしない。生活を覗《のぞ》かれる気がして嫌なのだという。青子としても料理や家事は得意ではないし、広瀬の家に来た時くらい何もせずのんびりしたいので、特に気にしたことはなかった。茶筒が見つからないので、仕方なく目についたティーバッグで紅茶を淹《い》れ、広瀬の母の待つソファへと運ぶ。

「一度ご挨拶《あいさつ》にうかがわなければ、と思っていたんです。省吾さん、お忙しくてなかなかお時間がとれないようで……。こうしてお母様にお会い出来て、本当に良かったです」

相手を喜ばせようと小さな嘘《うそ》をつくのは営業の悪いくせだが、広瀬が今年に入ってますます忙しいことは本当だ。Ｂｕｎｋａｍｕｒａと幕張メッセのオープン、横浜ベイブリッジ開通、さらに全国38市が市制１００周年を迎えたおかげで、イベントが目白押しである。銀行界が広告自主規制を緩和した年でもあった。

「昨日、あの子に電話をしたら、声がいがらっぽかったから、心配になって、群馬から出てきたんですよ。風邪の時はね、あの子、卵酒を飲ませるとすぐに治るんです」

そう言うと、広瀬の母は胸に抱いていた風呂敷をするりと解いた。現れたのは柳の日本酒の瓶と籠《かご》に入った茶色の卵の山だった。

「卵酒ですか……」

生まれてこの方、口にしたことがない。ぬるぬるしていそうで気持ち悪い、という印象がある。

「近所の養鶏場で、今朝生まれたばかりの卵なんですよ」

「へえ……。わざわざ息子さんに飲ませるために……」

そういえば、広瀬は卵料理が好きだっけ――。広瀬の母にことわって、青子は卵に触れる。ざらりとした表面は普段手にするつるつるしたそれとは違い、まるでテラコッタのようだ。ひんやりした触り心地なのに、どこか温《ぬく》もりを感じさせる。

「そうだわ。せっかくだから、我が家の秘伝の卵酒、貴女《あなた》に教えてもいいかしら？」

青子の戸惑いが伝わったのか、広瀬の母は頬《ほお》を染め、口ごもる。

「ごめんなさいね、お節介焼いて。なんだかお嫁さんが出来たみたいで、嬉《うれ》しくて」

「いいえ、あの、是非、教えてください。よろしくお願いします」

慌ててそう言うと、彼女はほっとしたように息を吐き、卵と酒を抱えて台所へと入っていく。青子も後に続いた。手を洗う彼女の横に立ち、青子はその横顔を盗み見る。さっきまでどこかおどおどしていたのに、卵をステンレス台の角にぶつける姿はほがらかで、今にも歌い出しそうだ。

「どうせまた、あの子、不摂生してたんでしょう。風邪の時はね、布団をお日様でふわふわに干して温かくするように言ってあげてね、あの子、一見しっかりしているように見えて、すぐにそういうところを怠けるから」

そういえば、ベッドルームの布団は一体いつ干したのだろう。青子は考える。広瀬が布団を干したところを一度も見たことはないし、むろん自分も干してやったりしない。お互いお日様が出ている時間は大抵、寝ているか外に出ているかが当たり前の生活だ。敷きっぱなしの布団は、二人の関係そのもののようだった。体にしっとりなじむけれど、だらしなくて不衛生。

卵を小鉢に割るとぬるりと白身と卵黄が流れだし、広瀬の母の指示通りに、青子は一心不乱に菜箸《さいばし》でかき混ぜる。透明と橙《だいだい》はそのままぐるぐると渦を巻き、混迷を極めていく。

2

東京タワーが夜間のライトアップを開始したおかげで、濡《ぬ》れたドロップをぶちまけたような六本木の夜景はよりいっそう華やいでいる。

「当たり前だけど、あなたにもお母さんが居て、実家があるんだね」

オープンしたばかりの予約がとれないことで有名なイタリアンレストランの二階席に、広瀬と青子は向かい合っている。今日は解禁されたばかりのボジョレーヌーボーを楽しみたいと思って誘いに応じたのだが、広瀬は先週、青子に母親の相手をさせた借りを返すつもりらしい。頼ったり、弱みを見せるのが何よりも嫌いな男なのだ。

青子は前髪を立ち上げたワンレンヘアを後ろにはらうと、スプーンを手にとり、旺《おう》盛《せい》な食欲でデザートのティラミスを平らげる。濃厚なマスカルポーネクリームに苦いココア味を合わせると、ねっとりした甘さが増すようだ。日本でこの菓子を食べさせる店はまだとても少ない。

「なんだよ、それ。家族が居ることくらい、当たり前じゃないか」

広瀬は居心地の悪そうな顔でそう言い、インポートブランドのジャケットを軽く引っ張って皺《しわ》を伸ばす。背広姿の同僚や部下に見慣れているせいで、ごくさらりと流行のものを身に着け無精髭《ぶしょうひげ》をたくわえた彼の姿からはたっぷりとした自由が感じられ、心が解き放たれる。

「だって、もう知り合って三年以上になるけど、家族の話なんて全然しないじゃない」

「悪かったよ。お袋にいきなり訪ねてくるような真似《まね》、もうさせないから」

先週の土曜日の事件は広瀬にとって、耐え難いほど恥ずかしいものらしい。しかし、青子はなんだかやけに愉快な気分だ。あれ以来、取り澄ました広瀬が幼い男の子に見えている。

「ま、よかったじゃない、お母さんに会ったのが私で。今付き合っている鈴鹿《すずか》のレースクイーンの子だっけ？　あんなに若い子だったら、上手《うま》く調子を合わせられないよ」

広瀬から聞く女の話を青子はむしろ楽しみにしているので、こんな軽口をたたける。

どちらかというと、昔からあまりあけっぴろげに話すのは得意ではないけれど、この男を相手にするとぽんぽんと言葉が出てくるのが不思議だ。

「卵酒、せっかく習ったんだから、作ってあげようか。けっこう簡単なの。それに体があたたまって、美味《おい》しかった。溶いた卵にお燗《かん》したお酒を少しずつ加えて、お砂糖と生姜《しょうが》で味付け。初めて飲むのになんだか懐かしい感じがしたなあ」

「いいよ。女に台所立たれるのって苦手だし」

「はいはい。でも、卵料理ってお母さんの味っていう気がする。大事に育てられたんだね」

「俺の話はもういいだろ。青子にとっての、お母さんの卵料理って？」

「うーん。お麩《ふ》のドーナツかなあ」

広瀬は怪訝《けげん》な表情を浮かべ、エスプレッソを飲み干す。こんな風に彼と子供時代について話したことなどない。

「作り方はよくわからないんだけど、大きなお麩に溶き卵をからめて、油で揚げてお砂糖をまぶすの。フレンチトーストみたいなドーナツみたいな味。祖母の田舎ではポピュラーなもので受け継いだんですって」

今思い出しただけで、口の中にじゅっと甘みが広がるようだ。幼い頃、大好きなおやつだった。よそのうちでは作らないと知った時は驚きとともに勝ち誇った気持ちになった。いつかもう一度食べてみたいが、作り方を聞く機会のないまま母を亡くしてしまった。

「あとはやっぱり、錦糸卵《きんしたまご》とかんぴょうのたっぷり入ったちらし寿司かなあ」

「甘そうだなあ」

「このティラミスにも卵黄が入ってるんじゃないかな。こっちでは贅沢《ぜいたく》でも、イタリアではきっとママの味なんだよね。私、『すし静』の卵焼きを食べると、そんなあったかさを感じるな。香りの強いネタの締めで口にする優しい味にほっとする。あそこの卵焼きは、築地で買ったものじゃなく、ちゃんとお店で焼いているんだよね。ふんわりと甘くてスフレみたい」

一ノ瀬さんの奥さん、里子が臨月を迎え、店を休んでいるため、人手が足りず「すし静」はいつも忙しそうだ。甘海老《あまえび》の美味しい季節である。そろそろ予約を入れようと、青子はヴィトンのバッグからエルメスの手帳を取り出す。

「ねえ、省吾、喉《のど》まだ痛い？」

「もう、そうでもないよ。医者に行って薬も貰《もら》った。お袋は神経質なんだよ」

肌を合わせているのに、彼の不調を少しもかぎとることが出来なかったのだ。別に恋人でも家族でもないのに、自分の無神経さに触れたようで、青子の胸は少しだけざらりとする。

3

皿の中のとろりとした明るいカスタード色を見ていたら、眠たいような気持ちになった。台所からスプーンを手に戻ってきた幸恵は、ベビーチェアに座る愛娘《まなむすめ》を座り直させながら、

「これがこの子にとっての初めての卵。もう七ヶ月だから。そろそろいい頃だと思って」

と、神妙な顔つきで言った。青子は幸恵がスプーンで皿からひとすくいし、小さな唇に運ぶのをどきどきしながら見守る。姉の子供が生まれたばかりの頃、実家に寄りつかなかったため、赤ん坊をこんなに間近で見たことがない。まつげも爪《つめ》も精巧なミニチュアのようだ。壊れたらどうするんだろう、という不安が離れない。毛穴ひとつないふわふわした白玉のような肌からは牛乳とタオルの甘く蒸れた匂《にお》いが漂う。濁りのない丸い目がこちらを向くと、訳もなく自分が恥ずかしくなってくる。

「これ、どうやって作るの？」

「ゆで卵の卵黄をすりつぶして、お湯で伸ばしたもの。卵白はアレルギー反応が出るかもしれないから……」

今年の四月、幸恵は早苗《さなえ》を出産した。交流が途絶えて数年が経つが、あの時は確か、同僚らとお金を出し合い出産祝いを贈っている。久しぶりに会う幸恵は出産を経てふっくらしたはずなのに、頬がこけ目元にうっすらと隈《くま》ができているせいで、やつれた印象を受けた。すっぴんに後れ毛の目立つひっつめ髪は、かつてのお洒落《しゃれ》な彼女からは考えられない構わなさである。

今週、会社の廊下で祐太朗に話しかけられた。周囲を気にしてか彼は声を潜めた。

——一度、幸恵の様子を見てやってくれよ。最近、荒れてるんだ。赤ん坊の世話が忙しくて、ろくに人に会っていないせいなんだよ。

呆《あき》れて、すぐには言葉を返せなかった。恨みこそないものの、いくらなんでも配慮がなさすぎではないだろうか。別れた女に頼むくらいなら、自分でなんとかすべきである。こちらの困惑を読み取ったのか、祐太朗は早口になった。

——言いたいことはわかるよ。でも、こんなこと頼めるの、本木さんだけなんだよ。ためらいながらもアポを取り付けこうして足を運んだ、祐太朗の町田の実家を二世帯住宅に改造した住まいは、十分過ぎるほど広々と真新しい。懸念していた姑《しゅうとめ》の厳しい干渉など皆無だった。実際、今日も外出している。

「寝る暇なんてないよ。子供のことで手一杯。自分の時間なんてないに等しい。お義《か》母《あ》さん、お稽古《けいこ》ごとに夢中で思ったより手伝ってくれないし……」

早苗が口にふくんだ卵をぺっとはき出し、幸恵は大きくため息をつく。

「二十四時間戦えますか、って感じだね。会社員も主婦も大変なのは一緒ね」

重たくなりそうな空気を、流行のフレーズで茶化そうとするが、幸恵はたちまち眉《まゆ》をひそめた。

「あなたみたいに気ままで楽しくやっている人に私の苦労がわかるもんか。ざまあみろって思ってるくせに。私のこと」

突然、とげとげしい空気に変わってしまい、なす術《すべ》もなく幸恵に向かい合う。彼女はもう、青子にどう思われるかなどどうでもいいようで、やけのように語調を強めた。

「青子はいつもかっこいいもんね。祐太朗を私に盗《と》られた時だってじたばたしなかった。物欲しげな顔をしないで、人一倍稼いで、男の力なんかなくてもお鮨屋《すしや》さんに通えて。ねえ、いつからそんなに身軽になったの。知り合った頃は真面目《まじめ》で堅いお嬢さんで、私の方がずっとずっとちゃらちゃらしてたのに……」

幸恵はスプーンを置くと声をつまらせ、エプロンに包まれた膝《ひざ》を見つめた。肩に手をかけたが、邪険に振り払われてしまう。早苗は不思議そうに二人を見比べている。

「恐《こわ》いよ。すごく恐い。どうして世の中の母親はこんな小さくてやわやわしたもの、死なせないでいられるの？　今までは自分のことだけ考えていればよかったけど、この子は女の子だよ。こんな世の中で、無事に育てられるか、考えただけで夜も眠れない。子供を育てるのって恐いことだよ。この先一生、自分の時間なんて作れない気がする」

　女子高生コンクリート詰め殺人事件に、東京・埼玉連続幼女誘拐殺人事件。少女が犠牲となった残虐な事件が後を絶たない一年だった。幸恵がこの先の日本を思って、ナーバスになるのも当然かもしれない。青子は考え考え言葉をつなぐ。

「ええと、私、ここ数年、誰かのために料理を作りたいと思ったことがない。外食の方が確実に美味しいし、自炊なんて面倒だし莫迦莫迦《ばかばか》しいって思ってる。でもね、そんなに贅沢で美味しいものばっかり食べなくても、人は生きていけるんだよね。ご馳走《ちそう》なんて記念日だけでいいんだよ。毎日、ご馳走じゃないと気が済まない私の方がちょっとおかしいんだと思う。自分のことしか考えなくていいのは、そりゃ、楽だけど……」

自分でも何を言いたいのかわからなくなって、青子はスプーンをそっと取ると卵をすくい、ひとさじ、早苗の唇に運んだ。「すし静」での時間が蘇《よみがえ》る。職人が客の手へ直《じか》に鮨を渡し、握りたてをすぐ口に運ばせる工夫は、赤ん坊に離乳食をふくませる母親の姿に似ている気がした。一ノ瀬さんの鮨を食べると、どこか懐かしい安心した気持ちになれるのは、直に口に食べ物を運んでもらった幼年期を思い出すからだろう。

今夜も予約を入れている。

「あのさ、たまには夫婦で外食にいけば？　気分も変わると思うよ」

「簡単に言わないで。これだから独身は……。誰が娘を預かってくれるっていうの！」

幸恵は苛立《いらだ》った大声を上げた。髪を振り乱し、目に隈を作り、険しい形相で怒鳴り散らす。こんな姿を見せても祐太朗は彼女の隣にいるのか、と思うと、やはりこの二人の結婚は正解だったと思わざるを得ない。祐太朗も幸恵も少なくとも何からも逃げていない。敷きっぱなしの布団の中でたゆたっている自分にはない潔さだと思った。

「例えば、私が預かってもいいわけじゃない」

ほんの一瞬、幸恵の顔が歪《ゆが》んだ気がするが、すぐにふんと鼻を鳴らした。

「冗談じゃないよ。あなたは祐太朗の昔の女じゃない。そんな相手に私の大事な早苗を任せられるわけないじゃない。姑に頼んだ方がずっといい」

ずけずけと言い放ち、かつてのわがままなお嬢様ぶりをすっかり取り戻している。少なくともこの瞬間、二人の間からタブーは消えた。

「祐ちゃんは昔……、あなたが作るパエリアは美味しいって言ってた。そんな手の込んだもの、今、私作れない……」

「離乳食の方がきっと、ずっと難しいわよ」

青子の差し出したスプーンを早苗はようやく、ぱくりとくわえた。

4

その日の夕方、会社に電話を掛け、新橋のアマンドに広瀬を呼び出した。一時間待っても彼は来なかった。やっと走ってきた広瀬の姿が見えるなり、行き先を告げずに一緒に店を出る。

「悪かったな。急なアポイントが入って、どうしても会社を出られなかったんだ」

「いいよ」

おかげで、暮れていく銀座を眺めながらついに決心をかためることが出来た。いつになく、ゆっくりと時間が流れている。

「あと一ヶ月で今年も終わりだね」

天安門事件にベルリンの壁崩壊。平成元年は新しい時代の幕開けにふさわしい一年だった。でも、こうして終わりが見えてくると、あまりにも明るくめまぐるしいゆえ、どこか寂しさを伴っていた気がする。夜が本格的に始まる寸前の中央通りは華やかだった。和光の時計台が見える辺りで、青子は唐突に切り出した。

「こういう風に二人で会うの、もうやめない？」

ややあって、広瀬の声が降ってきた。

「遅れたせい？」

「違う、って言いたいけど、その間に心が決まったのは確かかな」

「俺が面倒になった？」

もしかしたら、怒っているのかもしれない。強い感情をやり過ごす時、広瀬はこんな風に小さく肩をすくめる。

「そういうわけじゃない」

突然、彼に抱き寄せられ、髪に鼻をうずめられた。街中で彼に手を伸ばされたことがない。これではまるで恋人同士みたいだ、と思ったら、泣きたいのか笑いたいのかわからなくなって、クリスマス目前の銀座のネオンが歪む。

「なんか、牛乳みたいな匂いがするぞ。今日の青子」

「赤ちゃんのにおい。友達の子供を抱いたの」

「ふうん。友達の幸せを見て、いろいろ身の振り方を考えたのか。ありがちだなあ」

「違うよ。結婚したいとか、そういうこと言ってるんじゃないの。子供なんて今の私にはとても育てられない。でも、出来るところから変わりたいんだ。ひとまず、来年中に都内にマンションを買おうと思う。ずっと考えてた。私だけのお城を手に入れること」

そう、自分にぴったりな終《つい》の棲家《すみか》でこそ、とろとろとまどろんで暮らしたい。その時間こそが探し求めていたものではないだろうか。不安のない自分だけの巣。不動産業界に引き寄せられたのも、ずっと寂しかったのも、誰と付き合ってもしっくり来ないのも、すべては、一刻も早く一人の城を手に入れて足場を固めろ、という天からのメッセージだったのではないか。

「お城に俺みたいなのは必要ないってことか」

「もちろん呼ぶよ。でも、それは友達の一人として。楽な方に逃げてるばっかりって、私達にとってよくないんじゃないかな」

青子は広瀬の顔を見上げる。彼は子供が甘えるように、こちらのコートのポケットに手を差し入れ、布地の上から太ももの付け根に触れてきた。

「お前って、本当に勝手で、一人でなんでも決めるよな」

「そう。でも、一人で決められるのってすごく幸せだよ。あなたはそうじゃないみたいだよね」

ずっと気付いていたことだった。広瀬の黒目が動いたのがわかる。自由に振る舞っているけれど、実は自分よりはるかに孤独に弱い。

「省吾はさ、一緒に歩いてくれる女の人が居た方がいいと思う。一人だとどんどん生活がすさんでいって、気持ちまで荒れていくタイプだもん。誰かが気付かなきゃ、風邪を引いていることもわからないでしょ。親を安心させるために結婚するなんていうのはあんまりいい考え方じゃないけど、あなたのお母さん、とてもいい人だよ。お嫁さんにお料理を教えたがってた」

まいったな、と広瀬は小さく首を掻《か》く。この人はきっと誰かに背中を押してもらうことをずっと待っていたのだ。広瀬の顔にほっとした色があることに青子は安心し、同時に哀しくもなっている。

「とにかく、一度けじめをつけるために、これから卒業式やらない？　私達が最初に出会った『すし静』に食べに行こう。もともと今日は一人で予約入れてあるんだけど、さっき電話で二人にするっていったら、大丈夫だって」

「二人で行くの初めてだな。あのさ、お前ってもしかして、今の大将のこと……」

青子の顔を見て、広瀬は言葉を切った。それきり言葉は交わさず、みゆき通りに曲がっていく。やがて二人は並んで、「すし静」の暖簾《のれん》をくぐった。

「いらっしゃいませ」

一ノ瀬さんはにっこりし、ほんの一瞬二人を見比べた。カウンターに座り、ビールを頼んでグラスをぶつけ合うと、広瀬はようやく今日初めて笑った。

だらしのない関係だったけれど、本当に何も生まなかったといえるのだろうか。会いたい時に会うだけの都合のいい相手なのに、ふとした瞬間にはっとするようなアドバイスや思いやりを見せてくれた。体を合わせるためだけに費やした時間を恥じるのはもうやめようと思った。背筋を伸ばし、いつものように握りを注文する。広瀬と食の好みは似ているから、欲しいネタを交互に注文し、同じものを食べればいい。やりいかに始まり、甘海老、みる貝、つぶ貝、金目鯛《きんめだい》、トロと食べ進め、青子はついに今日の目当てを口にする。

「ギョク、おねがいします」

はい、と顎《あご》を引いた一ノ瀬さんが、綺麗に焦げ目のついた卵焼きをすっと切り分ける手もとを息を止めて見つめる。広瀬が口を開いた。

「ここの卵焼き、美味しいですよね。確か、お店で焼いているんですよね。なにか特別な作り方をされているんですか」

「普通の江戸前の卵焼きでございます。芝海老に鱧《はも》のすり身を加えてよく練り、砂糖を加えてすり混ぜます。さらに大和芋《やまといも》を入れて、ふんわりさせ、泡立てた卵白、みりん、醬油《しょうゆ》、最後に卵黄を少しずつ混ぜ、専用の焼き器で焼き上げます」

「へえ、卵黄と卵白は別々なんですね。ますますスフレみたい」

一ノ瀬さんの手の上で、六等分の切り目が入った卵焼きが小さな握りにふんわりと被《かぶ》さっている。馬の背に載せる鞍《くら》に見立て、鞍掛《くらが》けと呼ばれているらしい。青子に続いて、広瀬も一ノ瀬さんから卵焼きを受け取る。口に運ぶと優しい甘さがふんわりと広がり、酢飯の酸味がいいアクセントになっている。どこまでも柔らかく表面は香ばしい卵焼きは、洗練されたフランス菓子のようでいて、両親に守られているような素朴な温もりも感じた。お茶を飲み干すと、他に客の姿がないことを確認し、青子はつい言ってしまう。

「なんだか一ノ瀬さん、今日はそわそわしている風に見える」

握りがほんの少しだけ、きつい気がしたのだ。彼はふいに大きく肩を落とす。

「申し訳ありません。実は気がかりなことがあって」

いつもは静かな色を浮かべている一ノ瀬さんの細い目が大きく見開かれ、落ち着きなく色を変えている。

「ええと、実は、女房が……、その、予定日をとっくに過ぎているんですが、なかなか産まれなくて……。さっき病院から電話があって、破水したと……」

「大変！　ここで仕事している場合じゃないじゃない」

青子は思わず中腰になる。広瀬も立ち上がった。

「もう私達二人で、終わりでしょう？　なら、もう閉店して里子さんのところに向かおうよ」

「病院どちらですか？　タクシーで送りますよ。お世話になってるんだ」

一ノ瀬さんにそう言う広瀬は、いつになく頼りがいのある顔をしていた。最後にもう一度くらい寝てもいいかも、と思い、青子は慌てて唇をひきしめる。しぶる一ノ瀬さんを説き伏せ、引きずるようにして三人は店の外に出た。初めて見る私服の一ノ瀬さんは、野暮ったい茶のブルゾンとデニム、スニーカーという姿で、まるで大学生のような印象だった。この夜、青子は初めて、彼が同い年であることを知る。つかまえたタクシーの助手席に一ノ瀬さんが、後部座席に広瀬と青子が座った。ラジオからはユーミンの「サーフ天国、スキー天国」が流れてくる。彼の太い首を見つめながら、まるで三人は色恋など介在しない友達同士で、これから夜通しドライブして、スキーにでも出かけるような錯覚を覚えた。終わらない楽しいパーティーが始まるような高揚感に、青子はたちまち反省する。命の生まれる夜に、いくらなんでも軽薄過ぎはしないか。今は里子さんのお腹の赤ちゃんが無事に生まれることを真摯《しんし》に祈ろう。

卵の黄身のような明るい月がぼんやり照らす晴海《はるみ》通りを、タクシーのライトは切り開いていく。

八　タコ　1990年11月24日

1

焼香の匂《にお》いが十一月の夜気に乗って、斎場の無機質なコンクリート造りの入り口まで運ばれてくる。受付のテントに並ぶ列の先頭に、喪服姿の一ノ瀬さんと里子さんの姿を発見し、青子は一気に体中の血が下がる思いがした。彼を店の外で見るのはこれで二回目だった。去年、女の子が生まれてからもともとの張りつめたような魅力に加え、どこか切ない風情と温かみを感じられるようになった。こうして妻と並ぶと、夫婦としての貫禄《かんろく》や絆《きずな》まで感じられる。着実に彼の人生の基盤が整い、自分の知らないところで豊かな生活がゆっくりと広がっていることがわかる。かつては打ちのめされていたその事実が今の青子には救いだった。この世界に絶対的に正しくて確かなものがあるとしたら、それは一ノ瀬さんの人生なのだと思う。罪の重さに心が折れかかっている今、彼の伸びた背筋は灯火《ともしび》だった。

見とれている余裕はない。後ろに立つ部下の浦和を促し、列に続く。こぢんまりとした麻布十番の斎場は、出来るだけ密《ひそ》やかに葬って欲しいという生前の彼の意向によって選ばれたものらしい。随筆家としても知られる彼の死を悼んで、参列者の中にはメディアで目にしたことのある文化人の姿もちらほらと見かけられた。自分と浦和は場違いだと思う。ここに来たのもただのエゴではないか。それでも、青子はどうしても斎場を離れるわけにはいかなかった。受付に立つ親族らしき女性が一ノ瀬さんに発したささやき声がかすかに聞き取れた。

「……お宅の蛸《たこ》の桜煮が好きだと、よくこの季節になると申しておりました。いつもよくしていただいて……」

告別式での私語はマナー違反とされているものだが、故人への思いが溢《あふ》れだしたといった印象に誰もとがめだてする者はいない。十年近く「すし静」に通い続けているが、「蛸の桜煮」を口にしたことは一度か二度しかない、と青子は気付く。澤見さんが好んでいた冬の名物として出されるそれは柔らかく美味なのだが、一ノ瀬さんの手から握りを受け取りたいという気持ちが強く、進んで頼むことがなかった。こんな時まで食べ物のことを考えるなんて不謹慎だ、とカウンターの残像を振り払う。

記帳の順番がいよいよ迫ると、鼓動が速まる。

「このたびは心からお悔やみ申し上げます……」

受付のテントの前に立ち、青子と浦和は喪服姿の中年女性に深々と頭を下げ、記帳のペンを受け取る。青子が書き付けた社名を見るなり、女性の顔色が変わった。

「野上産業のものです。青山プレジデンス建設の際には本当にお世話になりました。お焼香だけでもと思いまして。守谷さんには個人的にも大変お世話になりましたし……」

その時、テントの奥から一人の若い女がすっと立ち上がり、こちらに向かってやってきた。

「守谷貞夫の孫娘の守谷利香《りか》です。ちょっと……」

彼女に促されるまま、青子と浦和は列を外れ、テントの陰へと移動する。

利香のことはよく知っている。澤見さんが「すし静」のカウンターで何度も写真を見せ、自慢の孫娘としてその動向を逐一話して聞かせてくれた。国立大学の英文科に通う利発な女の子。卒業後は通訳の仕事を目指していて、アルバイト代がたまるとしょっちゅう身一つでアメリカに出かけていくらしい。喪服姿で表情を強張《こわば》らせ、こちらを見据える様子に、澤見さんが語るお転婆な面影はどこにもない。

「今回は……、その……、本当に申し訳ないことをしました。お焼香だけでも……」

「帰ってください」

色のない唇が細かく震えている。大きな鼻と黒目がちなところがどことなく澤見さんに似ていた。青子が頭を下げると、利香はいっそう声を荒らげた。

「あなたたちのせいじゃないですか。祖父が大切にしている店を奪って、殺したのはあなたたちじゃないですか。おまけに親族の関係までめちゃくちゃにして……。よくこの場所にのこのこ来られますね」

野上産業営業部のベテランらがあらゆる手を尽くしても、澤見さんは一歩も引かなかった。連日におよぶ交渉にも日に日に吊《つ》り上がっていく提示価格にも、びくともしなかった。業を煮やした営業部部長は外部の力を使って澤見さんの親族を調査し、個別に交渉に乗り出した。澤見さんと兄弟同然にして育った遠縁の男が海外で事業に失敗したことを知るなり、一斉に飛びついた。

――貞夫さんが売却価格五億になる土地を退かない。なんとかして説得にあたってくれないか。場合によっては融資をしてもいい。

野上産業による乱暴な介入は守谷一族に混乱を招いた。澤見さんがついに折れた頃には、親族は疑心暗鬼に陥っていたという。脳溢血《のういっけつ》で彼が倒れたのは「青山プレジデンス」の着工日時が決定した頃だ。湾岸部の開発に追われていたせいもあり、彼の葬儀の日取りを「すし静」で耳にするまで、青子はまったく事情を知らなかった。あの時は呑気《のんき》に旬の戻り鰹《がつお》を頬張《ほおば》っていた。自分がこの上なく酷薄な俗物に思え、鰹の鉄の味は苦みに変わった。

青子は腕にかかった浦和の手をふりほどくと、地面に膝《ひざ》をついた。

「本当に申し訳ございませんでした。なんと言われても仕方のない立場で……」

冷たいコンクリートに手をつき、額を地面につける。ごりごりとした石の硬さが容赦なく肌を打った。利香の硬い声が降ってくる。

「やめてよ。顔を上げて。せっかく来てくれた人が何かと思うじゃない。それに……、なんの意味ももたないんでしょ、あなたにとって土下座なんて。恥ずかしくもないんでしょう。息をするようなものなんでしょう」

彼女の言う通りだった。この数年の間、青子は何回こうして地面に額をつけたのだろうか。青子の償いはおそらくこれから先、一生続く。今、全力で利香の怒りを静めたところで何にもならない。ここに来たのも、単に自分が少しでも楽になりたいがためだ。恐る恐る顔を上げると、遠くから一ノ瀬さんがこちらを見ているのが目に入った。その表情をちゃんと確認する勇気がなくて、青子は再び地面に額をつける。

「帰ってください。今すぐに」

利香のぴしゃりとした声が氷柱《つらら》のように背中を貫いた。ふらふらと立ち上がると、冷たい視線を浴びながら斎場を後にし坂を昇り始めた。ふいに、胃がねじれるような痛みを覚え、青子は咄嗟《とっさ》に植え込みにうずくまる。浦和の大きな手を背中に感じた。

彼は無言で数分の間、さすり続けてくれた。

「ちょっとは落ち着きました？」

見上げると、眼鏡の奥の切れ長の目に心配そうな色が宿っている。

「大丈夫。駅まで歩ける。今日はこのまま帰って休むね」

去年の冬、初めて胃カメラを飲み、胃炎を発見した。働き方や食生活を見直さないと、いずれ大変なことになる、と年配の女医に厳しい顔で警告されたものだ。とはいえ課長に昇進してからは一層自由になる時間がなくなり、休日を返上して働く日々を変えられるはずもない。もはや唯一の趣味である美食だけはあきらめたくなかった。今年の夏、父の反対を押し切って二十五年のローンで購入した不動前のマンションは、唯一心を休めることが出来る場所だ。今は一刻も早く、あの人の香りのしない冷たい部屋に戻りたい。

「大丈夫、もともと胃弱なだけ。なんでもないよ」

ハンカチを取り出して口元をぬぐうと、ゆっくりと立ち上がり歩き出す。浦和はうんざりといった表情で、青子の腕を支えてくれた。

「まったく……。もう若くないのに、課長は消化に悪いものを食べ過ぎなんですよ。鮨《すし》だのステーキだの……。たかが食べ物じゃないですか。食べてしまえば、みんな同じ。あとに何も残らないんですよ。僕はお茶漬けでもあれば十分ですよ」

いつもと何も変わらない浦和のずけずけとした口調が今は有り難かった。

「もうたくさんですよ、あんな会社。無理に立ち退きを迫ったことが、あのおじいさんの命を縮めたのは明白じゃないですか。課長、僕と一緒に会社を辞めて、起業しませんか」

「今、なんて言ったの？」

足を止めると、浦和も立ち止まる。彼の背後には六本木の明る過ぎる夜空と東京タワーがいよいよ迫っている。

「これはあくまで予想ですけど、あと一、二年のうちに好景気は終わります。真っ先に打撃をくらうのがこの業界です。今の金融機関の不動産業への融資は異常なんです。もし、何か起きたら金融機関まで破綻《はたん》する。うちの社長、銀行から地上げ用資金と称して多額の融資を受けていますけど、すべてを会社のために使っているかは怪しいです。摘発されたら、僕ら社員だってどうなるかわかりませんよ。泥舟からは一刻も早く抜け出すべきです」

浦和の発言を受け流すことは出来なかった。今年に入って平均株価は急速な下落を続けている。先月は一時、二万円を下回った。昨年の公定歩合の引き上げに続き、日本の貿易収支、経営収支が急速に縮小する兆しが出てきたため、海外の投資家が一斉に投資資金を回収し始めたのだ。さらに、社長が無茶な新事業に手をつけた上、外車を乗り回し、出張と称してしょっちゅう愛人と海外に出かけていることは社員なら誰でも知っている。

「起業って……。その若さで何を始めるつもりなの。ろくに経験も人脈もないくせに」

「転勤者留守宅管理代行業です」

「なに、それ」

「海外転勤者の多い商社マンをターゲットに、留守宅を管理するんです。持ち家が増加した今、絶対に需要がありますよ」

「目の付け所は悪くないけど、個人の家を個人に貸すなんて絶対にトラブルが起きるわよ」

「だからこそ信用度の高い東証二部以上の法人と契約を結び、その会社の社員に賃貸を斡旋《あっせん》するわけです。我々は信用の出来る客と客の間に入り、手数料を貰《もら》いながら留守宅の状況をレポートするだけでいい」

「家の貸し借りなんて上手《うま》くいくの？　みんな持ち家が欲しくて、郊外の中古の戸建てにさえ抽選が殺到するくらいじゃない」

「だから、それがもう古い価値観になるって言ってるんですよ。これからはなんでも借りる時代になります。どんどん節約志向かつ合理的になる」

　素知らぬ顔をしつつ、浦和の自信に満ちた口調と説得力に青子の胸はかき乱されている。いずれにせよ、今は突きつけられたくない話題だった。本音を言えば、土地の売り買いから逃げ出したくてたまらない。澤見さんの姿が胸を離れることはこの先ないだろう。

「本木さんの人当たりの良さと交渉力が、僕には必要なんです。人の気持ちがわからない男です、僕は……。昔から感情が希薄だと言われてきました。でも、きっとこれからはそれだけじゃダメなんだと思います。信じ合える人との暮らしを大切にする質実剛健な文化に、日本はきっと変わっていくはずなんです」

　これは本当にただの仕事の誘いなのだろうか。青子は浦和の真剣すぎる面持ちから目を逸《そ》らす。優秀ではあるが低温でやる気がないことで手を焼かされていた部下に何が起きたのだろう。はぐらかそうと辺りを見回す。トタン板がどこまでも続いていた。

「この辺り、ずっと再開発ね。何が出来るのかな。かなり大規模な工事だね。この街もどんどん変わるね」

「どうせ何かが出来ても、すぐに次に取って代わられますよ。飽きたらすぐ壊す。再開発に街への愛なんかあったためしがない！」

浦和の大きな声に、すれ違ったサラリーマンらが驚いた顔で振り返る。

「青子さんの生き方は贅沢《ぜいたく》すぎますよ。刹那《せつな》の楽しさばかり追求して、合理的じゃない。霞《かすみ》に金を払っているようなもんじゃないですか。もう贅沢なんて流行《はや》らないんですよ。わかります？　僕の言ってること」

どうやら、青子はほんのりと笑ってしまったらしい。最近、目を細めると細かい皺《しわ》が集まるようになった。髪は乱れ、口紅もはがれているだろう。彼の目には老女のように映っているかもしれない。昔はこれでも微笑《ほほえ》み返せば、一部の男達は青子を欲しそうな顔をしてくれたものだけど、浦和の顔には爆発しそうな苛立《いらだ》ちしかない。

「何をニヤニヤ笑ってるんですか。人が死んでるんですよ。僕らが殺したんですよ。僕はあなたを批判しているんです。身の丈にあった生活に向き合えといっているんです。もっと確かなものをつかまないと、痛い目を見るぞ、と僕は警告しているんです」

「なんでかな……。賞《ほ》められているように、感じちゃった。贅沢って言葉のせいで」

「課長は莫迦《ばか》ですよ。会社と心中して犯罪の片棒をかついでください。僕はもう知らない」

「やっぱり綺麗《きれい》だね。ほら、夜空が昼みたいに明るい」

と、青子はつぶやいた。六本木を彩るネオンは本物の星空よりはるかに眩《まぶ》しく、きらめいていた。浦和の心底あきれかえったようなため息が頰《ほお》にかかり、青子はそれをとても温かいと感じた。

2

金曜日の「ジレ」は生の薔薇《ばら》の香りがむせかえるようで、東京中の富と権力を凝縮し薄く切ったひとひらひとひらが店中を舞っているようだった。今晩はママのミキの誕生日である。主役とは思えないほどくだけた様子で、青子の隣に座った銀座きっての人気者は煙草《タバコ》の煙を吐き出す。大盛況ぶりが少し落ち着き、客が一人二人と帰り始め、ようやく彼女を独り占めできるまでになった。

「別に友達だから味方するわけじゃないけど、一概にあんたの会社だけに責任があるとは思えない」

プロと素人の女の違いが真っ先にわかるのは首だと思う。銀色の友禅の半襟からすっと伸びるうなじは陶器のように光り、皺ひとつない。

親友のために大奮発したオニユリの花束はさっそく入り口に飾られているが、企業のトップらの贈り物と比べるといかにもみすぼらしかった。ドンペリのコルクが飛ぶ高い音にわっと歓声が湧《わ》いた。ピーク時を過ぎたとはいえ、富裕な紳士と美女で賑《にぎ》わう店内を見回すと、浦和の不吉な予言は遠ざかっていく。一時落ち込んだ株価も、わずか数週間で二万四千円台まで持ち直していた。

「澤見さんはもともと血圧が高かったじゃない。お医者様に止められていたのに、あの通りの健啖家《けんたんか》で、しょっちゅうウニだのイクラだの、パクパク食べていたじゃないの。冬のイクラは口で暴れるところがいい、なんて言って。あれ、見ていてどうかと思ったな」

そう言って猫のような仕草で肩をすくめるミキに、今の青子は救われている。同時に気を緩めると、すぐに自分を許してしまいそうで恐ろしかった。

「でも、私達が殺したようなものだもん……」

そうつぶやいてグラスを飲み干すと、ミキはすかさず白い手を伸ばしトングで氷をつかむ。彼女にかかるとただの氷もダイヤモンドのような深い輝きを放つのが不思議だ。完璧《かんぺき》な配合の水割りが喉《のど》を滑り落ちていく。

「そもそも澤見さんに立ち退きを迫ったのは、あんたのチームじゃないんでしょう。こんなこと言うと酷なようだけど、第一線で働いている女は意図せずとも誰かを傷つけ、間接的に殺してしまうこともあるもんよ。この私だって、いつも幽霊に怯《おび》えてる」

「幽霊？」

どきりとして周囲を見渡す。飴色《あめいろ》の光で包まれた店内は贅が尽くされ、誰もが浮かれていて、まばゆいばかりにきらめいている。その光景は確かに極楽浄土のようで、なんの現実味もない。ここに居る全員が死んでいると知らされても、青子は疑問を持たずに受け入れるのかもしれない。

「いろんなことがあったよ。ここまで上り詰めるには。たくさんの女の生き霊が私を呪《のろ》ってるって意味。同業者や客の家族。いちいち覚えていたらきりがない」

ミキは突然、青子をぐっと覗《のぞ》き込んだ。作り物めいた濃い化粧の下で、肉が柔らかく動くのがわかる。

「あんたに出来ることがあるとしたら、この東京がどうなるか見届けることなんじゃないの。あんたが壊して、あんたが作ってきたこの東京の行く末を見届けることなんじゃないの。それと……。これから『すし静』のカウンターに座り続けて、澤見さんの代わりを務めることだよ」

　思いがけない言葉に、青子は慌てて顔の前で手を振った。

「私にそんなこと、出来るわけないじゃない。ただのちょっとだけ食い意地のはったOLってだけだもの」

「出来なくても、やるの。あんたがやらずに誰がやるの。何年あの店に通っているの。いくら落としてきたか、計算したことある？　一ノ瀬さんはいい職人だよ。でも、経営に疎いし、予算を度外視する芸術家肌なところがある。人が良すぎて、客になめられやすい。あの店の客層が変わり始めているのが私は心配」

　葬儀の日を境に、店には足を運んでいない。あんな姿を見られて、もう二度と一ノ瀬さんに向き合えないと思っている。ミキは力強くこちらの肩を叩《たた》く。

「ただ、カウンターに座って、一ノ瀬さんを見守ればいい。あんたにしか出来ないよ。あんたはあの店に確かな真実があると思っているかもしれないけど、商売なんて所詮《しょせん》、全部芝居なんだよ。確かなものなんか人の中にしかないの」

　まるでこちらを見透かすように、ミキは目を細めた。そうすると自分と同じように皺が集まる。誰より華やかな彼女も青子もそうであるように確実に年を重ねているのだ。

「澤見さんが、時間をもてあました老人の道楽で、いつもいつもあの場所に座っていたとでも思ってたの？　店って不思議なんだよ。こうやってひっきりなしに人が出入りすると繁盛しているように見えるけど、それだけじゃすぐにつぶれる。ほら、昔なじみの厳しい目をもったお客様、創業時から支えてきた黒服。彼らがこのふわふわした嘘《うそ》っぱちの世界の重しになってくれているの」

青子はぼんやりとミキの視線を追いかけ、薄くなった水割りに口をつけた。

「私は東京の人間じゃないの。青子もそうでしょ。不思議だね、躍起になってこの街を作り替えようとする人間は決まって地方からやってくる。なんだかみんなで幻を求めているみたい」

「本当の豊かさってなんなんだろうね。いくら贅沢してもよくわからない」

青子がつぶやくと、ミキが新しい水割りを作り始めた。

「そのうちわかるんじゃないの？　まさかこんなお祭りみたいな毎日がいつまでも続くと、あんたも本気で思っているわけじゃないでしょう……。あら、いらっしゃい。まさか来てくれるなんて思わなかったわ」

ミキが突然立ち上がり、入り口に現れた男に向かっていく。顔に浮かんだとろけるような笑みもまた、完璧な作り物だった。作り物ゆえ、引き込まれるようにまぶしかった。

3

どこからかユーミンの「ダイアモンドダストが消えぬまに」が細く流れている気がしたが、すぐにかき消された。

正月が明けたばかりだというのに、銀座は爆発するような活気に満ちている。ひっきりなしにタクシーが行き交い人を吐き出し、吸い込むを繰り返す。着飾った男女がもつれ合うようにして、第三者に聞かせたいのかと思うほどの大声でやりとりしている。「すし静」までが暖簾《のれん》をくぐるなり、思わず顔をしかめたくなるほどの騒々しさだった。

広告代理店の人間とおぼしき、派手なファッションの男達五、六名がカウンターを陣取っている。酔った声を張り上げ、だらしなく肘《ひじ》をつき、ぞんざいに鮨を頬張る。

「大将、トロトロー」

「ねえ、サーモンないの。ワイン置いてないの」

新入りらしき少年がお茶を運んできた。育児中のためか里子さんの姿はない。付け場では二人の職人が一ノ瀬さんの指示を受けながら余裕のない様子で立ち働いている。ミキの言葉を思い出す。大将がリウマチを患って引退してから、確かにこの店の雰囲気が変わった。おそらく一ノ瀬さんの性格もあるのだろうが、以前はあったある種の取っつきにくさのようなものが消えている。来るものは拒まず、新参者にも懇切丁寧に接してくれるのは彼の優しさでもあるが、同時に弱点だった。上品な老夫婦がそっと眉《まゆ》をひそめている。この分では、なじみの客の足が遠のくのも納得だった。かなり時間が経《た》ってから、一ノ瀬さんが青子の前にようやくやってきた。かつてはなかった疲労感が滲《にじ》んでいる。

「いらっしゃいませ。今度こそ、来てもらえなくなるんじゃ、と思ってました。二ヶ月もいらっしゃらないから……」

こみ上げてくるいくつかの言葉を呑《の》み込むと、青子は一番入り口から遠い隅の席に腰を下ろす。

「お通しに蛸の桜煮をいただける？」

彼の目が大きく開かれる。

「真蛸の美味《おい》しいうちに、来なきゃと思ったの。私、てっきり蛸って夏のものとばかり思ってた。冬が旬だなんて、澤見さんに出会って初めて知った。澤見さんが座ってた席ってここですよね。私、これからはいつもここに座ることにする」

一ノ瀬さんは何かを言いかけて唇を引き締める。背を向けて手を動かし、やがて小鉢をお運びの少年に託した。やがて、青子の前にうっすらと紅色に染まった蛸の煮物が置かれた。

「冬の真蛸は、ミルクのようなコクがあると言われますが、僕はクリの花に似ていると思っています」

ほんのりと紅色に染まった蛸は、歯をたてるとさくりと切れる。なんという柔らかさ。さわやかな甘みが広がった。

「やわらかいなあ……。とろけるみたい。この色味と風味は……、番茶かな」

「さすがは本木様です。小豆で炊くのが一般的ですが、甘みが強すぎるのがどうも……」

しばらく言葉を濁した後で、一ノ瀬さんはふっと視線を泳がせた。

「澤見様はお元気に見えたけれど、随分前から硬いものは召し上がれなくなっていらしたんです。この甘い香りを残したままの柔らかい桜煮にするのに、随分工夫しました」

この店で澤見さんと交わしてきた言葉が蘇《よみがえ》る。気ままそうに見えて、いつだって周囲への気配りを忘れない人だった。青子が救われていたように、一ノ瀬さんもまた彼が心の支えだったのだろう。ふいに彼が真《ま》っ直《す》ぐにこちらを見た。木訥《ぼくとつ》な彼にしては迷いのない口調でこう言い放った。

「本木様の携わっているお仕事が正しいか正しくないかは僕にはわからない。でも、あなたに罪があるのなら、この八年間、あなたの稼いだお金を吸い上げている僕もまた同罪であることは確かです」

「吸い上げてるだなんて……」

「この店に通うために、あなたの人生が多少なりとも……犠牲になったことは、わかっているつもりです。あなたが……」

それきり一ノ瀬さんはうつむく。蛸の吸盤がぷちりと音を立てた。青子は固唾《かたず》を呑んで次の言葉を待つ。そんな風に感じてくれていたなんて。こちらの想《おも》いが伝わっていたなんて。彼の口からそのことについて言及される日が来るなんて。彼らしくない早口で、苦しげにまくしたてる。

「ここにくるお客様の罪で、僕は生きているんです。付け場から見ていると、その人の手や表情がよく見えます。それだけでどんな人生を送っているのか、わかってしまうものなんです。必ずしも正当な手段でお金を得たとは思えないお客様もいらっしゃいます。僕だって悪いんだ。澤見様のお体の具合を知りながら、彼が望むものを出していました。商売のためです。こちらも商売なんです。真蛸だってかつては安価でしたが、今はもう貴重品になっている……。この好景気で調子にのって我々がとりすぎたせいです。あなたの罪は間違いなく僕の罪でもある。ああ、すみません。しゃべり過ぎました」

一ノ瀬さんは赤くなって背を向けると、わざとのように若い職人に向かって厳しく指示をした。その横顔を見ながら、決して、自分を許すまい、と青子は固く心に誓う。不動産業から足を洗う勇気がないのであれば、なおさら澤見さんを忘れてはならない。罪の味は長いこと舌の上をたなびいた。東京を行き交うたくさんの幽霊を思う。いつかその中に、自分も仲間入りするのかもしれない。目の前の男を想って、いつまでもこのみゆき通りを彷徨《さまよ》う自分がたやすく心に描けた。

「じゃあ、この桜煮も握ってもらおうかな」

いや、今もまさに幽霊のようなものなのではないか。浦和も言うように、青子の求めるものに実体はない。十年東京に住み、働き続けても、結局のところは何もつかんではいない。価値ある古いものを壊し、新しいものを作り、休みなくそれを繰り返しているだけだ。「青山プレジデンス」だって、十年もすればすぐ次の名所に取って代わられるだろう。

新しい建物が増えるたび、人口が集中する。同時に街の犠牲となった幽霊達も増えていく。その重みに東京はいつまで耐えられるのだろう。少しずつ、地盤が沈んでいく。広告代理店の男らの甲高い笑い声を聴きながら、青子はすべてが終わりに近づきつつあるのを肌で感じている。一ノ瀬さんがいつものように鮨の載った左手を差し出した。

「蛸の桜煮の握りです」

もう我慢が出来なかった。何かに導かれるように、青子は自分の人差し指を彼の親指に這《は》わせ、そのまま指を絡めた。なめらかな皮膚の下でぴくり、ぴくり、と彼の血管が動くのがわかる。少しはどきどきしてくれているのだろうか。一ノ瀬さんの指の腹は桜煮に負けないくらい柔らかく、紅色でひんやりとしている。この皮膚が彼の体中のいろいろな場所につながっているのだ。澤見さんの幽霊は今ここに座って、不埒《ふらち》極まりない青子をあきれて見つめているのだろうか。

「なにしてるんですか……」

一ノ瀬さんの声がかすれて、熱を帯びている。改めて彼が放つ色気に青子は酔った。本人が無頓着《むとんちゃく》なところがたまらない。里子さんは不安でならないだろう。女が放《ほう》っておくまい。店内の喧噪《けんそう》が遠のいていく。

「やめてください」

「どうして」

「手が熱くなるでしょう」

もはや、その声は懇願だった。女性経験のないうぶな少年のものだった。一度こちらの手に落ちたら二度と這い上がれなくなるという、不安を物語っていた。ねえ、一ノ瀬さん、と青子は問いかけたくなる。あなたも見ていたよね、私のこと。私があなたに触れたいと思っているその半分くらいは、欲望を持っているんじゃないの――。一ノ瀬さんの血と肉こそが、青子の生きている証《あかし》そのものだった。こうやってわずかな部分であれ体が重なっている間は客と職人ではない。この瞬間だけは男と女だ。誰も邪魔は出来ない。なぜなら、青子はこの時間のために金を払っている。この瞬間のために澤見さんを見殺しにしたといっても過言ではないのだ。

「手が温まってしまうと、ネタの味わいが変わってしまうんです……」

「あ、そうか。そうだった。ごめんなさい」

青子はわざとあっさりと手を引っ込めた。戸惑った顔つきの一ノ瀬さんを見上げる。ようやく、二人の間にいつもの関係が戻ってきた。喧噪が潮のように再び押し寄せてくる。彼がほっとしたのと同時に拍子抜けして、物足りなさを覚えていることを、青子は悟る。わざとさばさばと言い放った。

「もうこんなことしないわ。二度と」

「……お願いします」

「ごめんなさい。こんな私でも、ちゃんと生きてるんだなって思いたかっただけ」

幽霊は人の手には触れられない。幸か不幸か青子は当分、さらに意地汚く、この混迷を極める世界を生き抜かねばならないみたいだ。青子は一ノ瀬さんの手からやや荒々しい仕草で鮨を取り、ぱくりと口に運ぶと、蛸で濡《ぬ》れた唇をなめた。

九　エビ　1991年9月20日

1

これでは何を食べても、気が晴れない。

五分粥《ごぶがゆ》もわかめの味噌汁《みそしる》も里芋と海老《えび》のあんかけもすべて、同じにおいがする。食事の時間ともなると、このにおいが病院の隅々まで行き渡り、空気まで同じ味になる。こうして咀嚼《そしゃく》していると、まるで病院の一部を体内に取り込んでいる気さえした。おまけに、左腕には点滴の管がつながっている。まったく、どこまでが自分の体かわからない。プラスチック皿の、心を殺伐とさせる軽さといったらどうだろう。

入院して五日、青子は病院食にいっこうに慣れることが出来ない。病院の外に出れば、地獄に向かって走っていくだけのような激務が待ち受けていると知っていても、一刻も早くここを出たくてたまらない。体にはりつくようなタイトなワンピースにふわりとカレを羽織り、久しぶりに髪を巻こう。揺れるゴールドのイヤリングを飾れば、このところの顔色の悪さもこけた頬《ほお》も三十三歳という年齢も誤魔化せる。何事もなかったように、世界一豊かで恵まれた女のようなふりをして、銀座か六本木に繰り出し、世界は好きなものを好きなだけ食べれば、嘘《うそ》は本当になる。シャンパンをあおれば、世界はたちまちきらめいて、色々なことが曖昧《あいまい》になる。

戻り鰹《がつお》の美味《おい》しい頃だ。フカヒレが食べたい。そろそろボジョレーも解禁する。

どんなに気が塞《ふさ》いでいても、舌の上にとろける濃厚な美味さえあれば立ち上がることが出来た。言い換えれば、美味しいものがなければとても日々を乗り切ることなど出来なかったのだ。目の前の煮物にかかったあんは冷え、縮こまって爪先ほどになった海老にオブラート状になってぺったりと張り付いている。

「この海老、ぱさぱさ。まるで紙細工みたい。冷凍物を使っているにせよ、もうちょっとどうにかならないのかな」

精一杯、小馬鹿にしたように眉《まゆ》を寄せることで、青子はかろうじて自分を保っている。向かいのベッドで食事をしている痩《や》せた老婦人がこちらを見て、不快感をあらわにしたことに気付くまいとした。プラスチックの箸先《はしさき》は欠けていて、舌に触れるたびざらりと引っかかる。

「この季節に車海老の握りが食べられないなんてねえ。甘くてぷりっと、身がきめ細かで美味しいのに。活《い》きたままをゆでるから少しも水っぽくないの。ああ、早く『すし静』にいきたいなあ」

あの明るい朱と清らかな白のコントラスト、かすかな香ばしさ、澄んだ甘みと食感を思い浮かべるだけで、ため息が漏れる。

「お鮨《すし》なんて、胃潰瘍《いかいよう》に一番悪いんじゃないの」

ベッドサイドで梨《なし》をむいていた姉が呆《あき》れたようにつぶやいた。正月以来の再会となる姉は二人目を産んだばかりにしては、ほっそりとたおやかな体つきをしている。栃木からわざわざ妹を見舞いにきたとは思えないラフな出《い》で立《た》ちだ。

「倒れるまで、接待やら残業やら重ねるなんてどうかしてるわよ。お父さんも心配してるよ。ほら……。うちの人も根をつめて、一度体壊してるから」

義兄の功《いさお》さんは肺炎で役所勤めを一時期休職していたことがある。ゆくゆくは彼がかんぴょう畑を継ぐ計画もあったのだが、体調を考えて色々話し合った末、父の代で潰《つぶ》すことになった。ご近所の畑でとれたものだという、梨に手を伸ばす。一つめの職場を退職した二十五歳の頃、自分が里帰りして家業を継いでいたらどうだったろう――。苦い気持ちを断ち切るように、水気たっぷりの梨に歯を立てる。病院のにおいをまとわない瑞々《みずみず》しさが今はありがたかった。

「せいちゃん、昔っから、のめり込むとまわりが見えなくなる子だったもんねえ。普段は聞き分けがいいのに、いざとなるとすごく頑固でお母さんも困ってたもん」

姉は諭すでも、心配するでもなく、ごく淡々と言った。

「新聞で読んだけど、今、せいちゃんのところの会社、大変なんでしょ。しばらく、こっち戻ってきて、のんびりすればいいじゃない。別に畑を継げなんてもう言わないよ」

「無理だよ。あと何年マンションのローンが残っていると思ってんの。会社がこんな時に一抜けたなんてこと出来ないよ。私は課長なんだよ。それに……」

一ノ瀬さんの分厚い手が、ちらりと頭をよぎった。最後に「すし静」に行ったのが、新生姜《しんしょうが》の季節だった。その後は、あまりの忙しさに予約する暇もなかった。ぱたりと来なくなった青子のことを、彼は心配しているかもしれない。

実家に帰ることだけは避けたい。父や姉を疎んじているわけではないけれど、まだ自分をあきらめたくない。でも、何を言っても姉を傷つける気がして、青子は口を閉ざす。

大変なのは青子の勤める野上産業ばかりではないのだ。昨年の今頃からは考えられないような危機に不動産業界は直面していた。そう遠くない将来、日本全体が同じ経験をすることになるだろう。

平均株価は平成元年十二月に三万八千九百十五円のピークにつけたあと下落、二年十月には二万二百二十一円まで値下がりした。今年に入ってやや回復したと胸をなで下ろす間もなく、またもや二万円台前半に落ち込んだ。投資用ゴルフ会員権や高級絵画も一時の相場が嘘のように下落している。さらに日銀が公定歩合を五回連続して引き上げ、大蔵省も不動産融資総量規制や土地税制改革を進めたせいで、土地への投資も減った。昨年の湾岸危機の影響のため、株価はずっと低迷を続けている。ここ最近は、大手企業のマネースキャンダルが毎日のように発覚していた。好景気の頃の乱脈融資や所得隠しが今になって、すべて表面化したのだ。

よどみなく回転していた土地の売買のサイクルが突然ストップしたせいで、倒産する不動産業者が急増している。自分がここでぼんやり横たわっている間、同僚達はどれほど厳しい状況に立たされているのかと考えたら、また胃がきりっと痛んだ。かつて高く売ろうと購入した手持ちの物件がさっぱり売れず、資金繰りも苦しい。さらに不動産ブームのかげりのせいで、宅地建物取引主任者の資格を持つものは激減し、慢性的な人手不足だ。ここ数ヶ月、青子らは連日のように都庁、県庁に赴き、土地売却を申し込んでいた。役人らに必死に頭を下げるたび、ほんの数年前までは考えられなかった事態にくらくらしてくる。どんな蔑《さげす》みの目を向けられても、恥さえ感じる余裕もない。

とどめを刺すように、野上産業の役員が国土法違反で起訴された。会社には連日マスコミが訪ねてくる。対応に追われ各方面に頭を下げているうちに、ある朝、自宅でのたうち回るほどの痛みに襲われた。三十分以上もかけて電話機まで這《は》っていき、自分で救急車を呼び、渋谷の大学病院に即入院が決まった。常日頃から医師に注意を受けていたので、胃潰瘍と聞いても特に驚いてはいない。ただ、職場を離れることだけが恐《こわ》かった。責任感からというよりも、何もしていない自分を直視したくなかったのかもしれない。

窓からは、高くなり始めた秋の空が見える。東京に来てから、こんなにゆっくり空を眺めるのはたぶん初めてではないだろうか。遠くに聳《そび》えるのは、かつて野上産業が手がけた青山プレジデンスだ。あの物件のために犠牲になった澤見さんが蘇《よみがえ》り、体を二つに引き裂かれるような痛みを感じる。

本当はもうずっと気付いていた。気付かないふりをするのに必死だった。自分でなければ代えがきかない仕事も居場所も、どこにもないことを。

「まあ、無理にとは言わない。お父さんも私もあんたが元気で楽しくやってればそれでいいんだからさ」

姉はそう言うと、特に残念なそぶりもなく、白い歯を梨にさくりと立てる。

亡くなった母親の華やかな顔立ちを受け継いでいるのに、姉は昔から日焼けもいとわず陸上に打ち込み、化粧気もなく、お洒落《しやれ》にも無頓着《むとんちやく》だった。しっかりしているように見えて、どこかとぼけたマイペースな持ち味があり、決して周囲と自分を比べるということがない。地元の大学を卒業後、幼なじみの功さんとなんの迷いもなく結婚した。姉のことはもちろん好きだけれど、そのあまりの欲のなさに青子は時々じれったくなってしまう。安物の生成りのセーターに無造作にまとめた髪という素っ気ない出で立ちながら、田舎の主婦とは思えないほど、すっきり垢抜《あかぬ》けた雰囲気がある。どんなに着飾ろうと決して自分には真似《まね》できない、姉の超然とした佇《たたず》まいを前にすると、青子はどうしても見栄《みえ》を張りたくなり、つい饒舌《じようぜつ》になってしまうのだ。

「おねえちゃん、せっかくだから、ちょっとは東京観光して帰りなよ。美味しいお店や楽しい場所、いくらでも教えるよ。最近、熱帯魚バーっていうのが流行《はや》ってるのよ。ねえねえ、タイ料理って興味ある？　おねえちゃん、美人でスタイルもいいんだから、いっそジュリアナ東京のお立ち台で踊っちゃえばいいのに」

やあねえ、いくつだと思ってるの、と姉は苦笑する。

「いいわ。すぐ帰らなきゃ。子供達がうるさいし。それに一人で贅沢《ぜいたく》しても、もうあんまり楽しめないのよね」

姉の何気ない一言は、青子のこの十年間を一瞬で吹き飛ばした。自分が途方もない孤独な俗物に成り下がった気がしてくる。指先にふと引きつれを感じてうつむいた。

「痛い……」

質素な食生活のせいか、薬の副作用のためか、手指から脂っけがなくなり、かさついている。マニキュアがはげ落ちた白っぽい爪《つめ》の横で大きなささくれがむけ、赤い肉がぎらぎらと光っていた。姉はめざとく覗《のぞ》き込み、あらあら、と腰を上げる。

「ひどい手荒れ。下の売店でハンドクリーム買ってきてあげる。何か他に欲しいものない？」

「いいよ。私、行けるわよ」

「そうじゃなくて、私、煙草《タバコ》吸いたいのよ。このお皿も下げたいし」

「おねえちゃん、煙草なんか吸うんだ」

「二人目が生まれた後くらいからかな。なんか他に買うものある？」

姉が皿を重ねたトレイを手に居なくなってしまうと、途端にやることがなくなる。

ぽちり、ぽちり、と落ちてくる点滴を食い入るように見つめる。これが終わったら、即座にナースコールを押すことだけが、今の青子に与えられた唯一の役割なのだ。何もしていないことがこんなに辛いとは。死に向かってのろのろと進んでいくブロイラーの気分だ。

向かいのベッドの老婦人が皿を下げに来た看護婦に向かって、愚痴っている。

「あのビルのせいで、東京タワーが見られないのよ」

「ああ、そうですよね。ちょうど重なっているんですよね」

「なんだってあんなに生き急いで、新しいものを作りたがるんだろうねぇ。東京の景色がどんどん壊されていくみたいで……。いやあねえ」

二人の視線の先には青山プレジデンスが聳えている。青子は思わず寝返りを打って、窓に背を向けた。

この数年、二十四時間では足りないくらい、毎日すべきことがぎっしりと詰まっていた。自分という存在に価値があるような気がしていた。そのすべてが錯覚だったとしたら。青子のしてきたことに何も意味はなく、それどころか、人を傷つけ、富を奪い、物を破壊する、社会の弊害でしかなかったとしたら。寝間着姿の患者に合わせて高めに空調が設定されているというのに、悪寒が走った。少しでも気を紛らわそうと、姉がさっきまで読んでいた朝日新聞に手を伸ばす。社説に目を走らせるうちに、肩が小刻みに震え始めた。

『地価が急激に下がれば、不動産業者の倒産が続発したり、金融機関が巨額の損失を抱え込んだりする事態になるだろう。／しかし、バブルに浮かれた企業や業者が、それなりの打撃を受けるのはやむをえまい。信用秩序が根本から揺らがない限り、多少の荒療治をしてでも地価を下げることが、長い目でみて日本経済と国民生活のためにプラスだとわれわれは考える』

青子は新聞をくしゃくしゃに丸めてゴミ箱に放《ほう》り込みたい衝動と闘う。バブルに浮かれたのは何も青子たちばかりではないのに。大企業の人間であれば——。この社説を書いた記者だって、大いに恩恵は受けたはずなのに。胃が再びきりきりと痛み始め、喉《のど》の奥に硬いものがせり上がってくる。

それでも、どこか肩の荷が下りた気がしているのも事実だった。もともとの土地は何も変わっていないのに、銀行がむやみに融資するものだから、資金だけが次々と増えていったのがこの数年の好景気の正体だ。値上がりや節税を狙《ねら》って、土地を購入することと自体が、そもそもあるべき姿ではなかったのだ。

土地とは、自分がここに住みたい、ここで事業を始めたい、と思って買うものである。家や金が本来の姿を取り戻しつつあることにほっとしていたが、そんな自分に後ろめたさを覚えてもいた。

青山プレジデンスはまるでパズルのように青空にはまっていて、東京タワーを完璧《かんぺき》に呑《の》み込んでいた。

サイレンがぴたりと止まった。夜間救急病棟にまた救急車が到着したようだ。向かいの老婦人は今夜、亡くなったのかもしれない。夕方、発作を起こし、食べたものをすべてもどしていた。看護婦にキャスター付きのベッドに乗せられて、集中治療室に運ばれたきり帰ってくる気配はない。カーテンの向こうの無人のベッドを思い浮かべる。暗闇《くらやみ》の中、青子はぱっちりと目を開け、天井に開いた無数の穴を見つめていた。

2

さきほど食堂のテレビで見たばかりの人気海外ドラマ「ツイン・ピークス」が思い出され、かすかに背中を波打たせた。美少女殺人事件を描いたミステリーに陰惨なシーンはほとんど登場しないのに、背後から魔の手がひたひたと忍び寄ってくるようなうっすらした恐怖感がくせになる。徹底して不条理な世界観と、常にゴオオオ、というかすかな機械音が鳴っているような陰うつなシズル感が、明るいトレンディドラマに慣らされた若い世代に評価されているようだ。テレビをじっくり見るのも久しぶりなので、のめり込み過ぎたかもしれない。こうしている今も、病室の空調の音がそのままドラマの世界とつながっているように感じられ、誰かにじっと見つめられている予感にひっそりとおののいている。

目を閉じても少しも眠たくない。そもそも、こんなに早い時間に眠れるわけがないのだ。カーテンを通して藍色《あいいろ》の空気が入り込み、ベッドの周辺をぼんやりと浮かび上がらせる。自分の人生にはこの先、何が待ち受けているのだろう。一生こうやって一人の夜を繰り返すのか。美食や贅沢で騙《だま》し騙《だま》し、この東京で生きていくのか。そして、たった一人で死んでいくのだろうか。

ならば、今死んでも構わない。青子は腹の力を込めて、上半身を起こした。

どうせ、勤め先は遅かれ早かれなくなる。若さも減る一方だ。自分がどうなっても誰も困らない。ならば、金の使えるうちに、あの男にたくさん鮨を握ってもらおう。そうと決まればぐずぐずしてなど居られない、とベッドを下りる。身支度を整えようにも、何も持ってきていないことに気付いた。入院した日の朝、青子は自宅のベッドで寝間着のまま救急車に運ばれたのだ。仕方なくパジャマの上にカーディガンを羽織り、ショールで誤魔化し、院内用のスリッパに足を突っ込んだ。ハンドバッグさえないので、財布はゲスのポーチに入れて小脇に抱える。これほどいい加減な格好で、外出したことは一度もない。

青白い闇に包まれ、ぼんやりと横に伸びた光を連ねている無人の廊下をぺたぺたと走り抜け、業務用エレベーターで一階に下りた。

夜間受付口の前を守衛に見つからないように腰をかがめて通り過ぎ、ようやく外に出た。数日ぶりに吸う、冴《さ》え冴《ざ》えとした夜の冷たい空気に、思わず深呼吸をする。懐かしいたっぷりした自由の香りがした。エントランスに停車した数台のタクシーの一つにそそくさと乗り込む。

「東京タワーが見えるコースで銀座のみゆき通りに向かってください」

タクシーの窓から眺めた六本木の夜景はどこまでも眩《まぶ》しく、あっけらかんと輝いていた。それでも、光の波を形作るタクシー一台一台に目を凝らすと空車が目立つ気がする。事態の深刻さを認識する者は、東京でもまだごくわずかなのだろう。そもそも、この好景気に実体なんてなかったのだ。中は散々虫に食われ、腐敗しているけれど、外側は完璧な果実。それが今の東京のすべてだ。本当は八〇年代後半からとっくに好景気は終わっていたのだ。しゃぼん玉がぱちんと弾《はじ》けるように、すべてが一度に終われればどれほど楽だろうと思う。恐ろしいのは、音もなく目に見えない形で凋落《ちょうらく》が始まっていることだ。少しずつ、少しずつすべてが終わりに向かって行く。不動産業の相次ぐ倒産も、銀行の不祥事発覚も序章に過ぎない。誰もが、もう今まで通りに生きられないことを悟り始めているのにはしゃいだ振り、豊かな振りをし続けている。至近距離で眺める東京タワーだけは超然と燃えていて、決して負けを認めない頑《かたく》なさを示していた。

　みゆき通りでタクシーを降り、半年ぶりに「すし静」に駆け込むと、付け場には一ノ瀬さん一人きりだった。客の姿はもうない。酸味のあるさわやかな匂《にお》いに、それだけで生き返った気がする。青子の出で立ちを見て、一ノ瀬さんは目を見開いた。久しぶりに見る彼は頰が削《そ》げ、目の周りに疲労が滲《にじ》んでいる。それなのに、今までにはなかった怜悧《れいり》で澄み切った印象を受けた。

「病院を抜け出してきたの……。どうしても一ノ瀬さんの車海老が食べたくて」

　我ながらどうかしていると思う。スリッパから伸びる裸の足首やブラジャーをつけていない胸元が気になって仕方がない。一ノ瀬さんはいっそう表情を引き締めた。

「いけません。常連さんに聞きました。会社が大変で胃潰瘍だって……。今は何もお出しできません」

「どうしてよ。澤見さんには、体に悪いって知ってても、ウニだのイクラだの出していたくせに」

　この話題がどれほど彼を傷つけるか承知で、青子はどうしても口にせずにはいられない。一ノ瀬さんにならば、殺されてもいいと本気で思っている。そうだ。大好きな彼のあの手で緩やかに殺してもらおう。美食で重たくした青子を、滋養に満ちたミルクにも似た濃くて冷たい海にずぶずぶと沈めるように。有無を言う隙《すき》を与えず、カウンターに腰を下ろして、じっと彼を睨《にら》んだ。一ノ瀬さんからついに表情が消える。つっけんどんに差し出された湯のみを見て、青子は憤慨した声を上げる。

「お白湯《さゆ》？」

「そうです。胃潰瘍のお客様にお酒は出せません」

「お金ならちゃんとある。お願い。ねえ、車海老を握って」

「いけません」

頑として譲らない一ノ瀬さんに、青子はかっとなった。

「あなた職人でしょ。私はここに来るためにお金を稼いでるの。お金があるんだから、あなたは私に……」

「ふっざけんなよ!!」

突然、一ノ瀬さんが握り拳《こぶし》で付け台を力一杯叩《たた》いた。入り口の戸にはめ込まれた磨《す》りガラスやカウンターに飾られた一輪挿しまで、びりっと震える。

「あなた、俺が金だけであなたに接してるとでも思ってるんですか。こんなことを言うのは失礼ですけど、あなたのその独りよがりに、心底がっかりしました」

怒鳴られたショックと彼の怒りに燃えた瞳《ひとみ》に、青子は泣きそうになる。自分でももうどうしていいのかわからないのだ。どうなりたいのかもわからない。何故《なぜ》、だだっ子のような態度で彼を傷つけてしまうのだろう。惨めさと自己嫌悪がこみ上げ、もう言葉を閉じ込めておくことが出来そうにない。

「でも、そうでしょ。お金がなければ、私になんてなんの興味もないくせに……。ただの客でしかないじゃない。もうどうせ、私のことなんて誰も心配していない。会社と一緒に心中するしかないんだよ。体なんてどうなったっていい。今美味しいものが食べられるなら」

「青子さん」

下の名で呼ばれるのは初めてで、青子は口をつぐんだ。

「この店はあと一年で、休業します。いつ再開するかはわかりません」

一ノ瀬さんがきっぱりと言った。しばらくの間、青子は唇を開くことが出来なかった。

「嘘でしょ……」

「本当です。いったん、時間をおいて立て直さないと、『すし静』は本当にダメになります……。大将からの命令です。大将はリハビリして、またこの場所に立とうとしている。僕の力が足りなかったんです。情けない話ですが、僕がここに立つようになってから、店の客層は変わってしまいました。なじみのお客様の足が遠のくようになって、いちげんのお客様が増えました。でも、この不況でその新規のお客様まで離れてしまった……」

そういえば、平日の九時過ぎだというのに、客の姿はない。

ここ二年の間に、店を賑《にぎ》わせていた客の多くはおそらく銀行や証券会社の社員だった。不況のあおりを真っ先に食う人種である。青子は白湯を一口飲む。なんの味もしないかと思ったが、思いがけずふっくらした甘みを帯びている。

「この店も終わるなんて……。ただ……。ここに座って、一ノ瀬さんと東京を見届けたかったのに……」

体をつなぎとめていたロープが突然断ち切られた気分だった。あらためて、自分の中心はもう長いことこの店にあったのだと知る。やつれた一ノ瀬さんを見上げたら、もはや会社のことはどうでもいいと思えた。彼の痛みに比べれば、自分のそれなどどれほどのものだろう。どこか遠い方向を見据える目つきで一ノ瀬さんはこう言った。

「僕だって、また一から始める。青子さんだって出来るはずですよ」

「うん。あなたはきっと大丈夫。でも、私は……、一ノ瀬さんとは違うもの。強欲で嫌な人間だもの。何が出来るっていうわけでもない。積み上げてきたものもない。里子さんやお子さんや大将、お客さん。あなたみたいに必要としてくれる人達もいない」

口にするなり後悔でたちまち体が重たくなって、青子はうつむいた。彼の顔を見上げることが出来そうにない。彼が奥の厨房《ちゆうぼう》に行って戻ってくるまでの間、じっと白湯だけを見つめていた。突然、目の前に差し出されたのはザルの上で湯気を立て、弾《はじ》けんばかりの身を震わせている真っ赤な車海老だった。

「車海老です。気が変わりました。どうしても召し上がりたいとおっしゃるから……。せめて、消化のよくなるように、おぼろにしようと思います」

「え、悪いよ。もったいないじゃない。そのままいただきます」

慌てている青子に見向きもせず、一ノ瀬さんはすり鉢にまだ熱い車海老を入れ、すりこぎで丁寧につぶし始めた。もったいない、ともう一度つぶやくが、気にする様子もない。彼の額にうっすら汗が滲んでいる。また厨房に戻り、どうやらすりつぶした海老を鍋《なべ》で丁寧に炒《い》りつけている様子だ。ぱちぱちいう音とみりんの匂い、海老の香ばしさが店を満たした。やがて、彼はこちらに茶碗を差し出した。

ほんの少しだけ盛りつけた白米の上にたっぷりと海老おぼろがかかっていて、木の芽も飾られている。おぼろは思わず唇がほころぶような、淡い桜色だった。

「ありがとう……。こんなに立派なおぼろじゃないけど、昔、こういうおぼろを母にご飯にのせてもらったな」

小さい頃、青子は病気がちで食の細い子供だった。母が少しでも栄養を取らせようと、肉や魚を色のよいおぼろにして、お弁当を彩ってくれたっけ。

「いただきます」

青子は箸を取り、こわごわと一口を運んだ。それは口の中でほろほろと崩れる。優しい甘みとふくよかな味わいが春風のように吹き抜け、つややかな白米がはかない旨みをいっそう引き立てている。

「初めてね。お鮨じゃなくてお茶碗で温かい白いご飯を出してくれたの」

胸が詰まって、ここで一ノ瀬さんと交わしたあらゆる会話が蘇る。温かい飯とおぼろが喉を通るなり広がっていったのは、久しぶりに味わう心からのくつろぎだった。

「これが私の目標だったのかも。初めてこの店に来た時、誓ったの」

一ノ瀬さんが怪訝《けげん》な顔つきをした。

「大将がね、澤見さんのわがままでおむすびを出したでしょう？」

「ああ、そういえば……。そんなことがありましたね」

「私ね、あれがとっても羨《うらや》ましかった。このお店の常連になりたいなって思った。大将と澤見さんの間に流れている空気はおだやかで、信頼に満ちていて、お金じゃ買えないものなんだなって思ったの。そういう空気をあなたと私の間に作れればいいなって」

　青子は静かに箸を置いた。結局、なにひとつつかめなかった。成し遂げることは出来なかった。でも、生きた証《あかし》はちゃんとここに存在する。青子の舌がそれを忘れることはないだろう。

「私、もういいや。一ノ瀬さんに私だけの特別メニューを出してもらえたんだもの。これで、もう十分……」

　もう東京に未練はない。思い残すことはない。鼻の奥がつんとするのは、木の芽の香りのせいだろうか。

「もういい。もういいの。気が済んだの」

　言い聞かせるように重ねたが、嘘ではなかった。

　もともと、自分の居場所はこの街にはなかったのだ。青子はようやく認めた。誰にも拒否されなかったから、たまたま豊かな時代だったから、必死にしがみつくことが出来ただけだ。実家に帰り、家族と土地を守る生き方の、何が不満で何が不足だというのだろう。二十四歳のあの夜、この店に出会わなければ、なんのためらいもなく、選んでいた生き方だった。少なくとも、人を騙《だま》したり、やましい気持ちになったり、何が本当かわからなくなって立ちすくむようなことにはならない。不動産業界で得た知識と経験で、かんぴょう畑や土地を守っていくことはそう難しくないことのように思える。

何故、それだけは嫌だ、と頑なに思い込んでいたのだろうか。そうやって生きていく先に、確かなものが待っている可能性を、何故考えなかったのだろう。物が溢《あふ》れた場所でなければ確かなものをつかめない、と何故決めつけていたのだろう。どんな場所だって、がむしゃらに生きてさえいれば、このおぼろご飯のように思いがけない形で、実りになることだってあるのだ。

「ありがとう。一ノ瀬さん。一ノ瀬さんのおかげで、東京でいい思い出がたくさん作れた。思い残すことない」

「そんな突き放すような言い方はやめてください。僕が……。青子さんがいなくなって寂しくないとでも思うんですか。なんともないとでも思うんですか」

青子は一ノ瀬さんの目を見つめた。彼はいつものようにかすかに悲しげな色を浮かべて、戸惑っている。思い返してみれば、青子を見る彼はいつも、困惑していた。しかし、もううぬぼれるまい。あるかないかわからないかすかな光を探して、自分をすり減らすのは今日でおしまいにしたい。なんと面倒な客だろう、と内心、扱いに困っていたに違いないのだから。でも、仮に社交辞令だとしても、この言葉を支えにこの先も生きていけると思った。

長い夢から覚めたような気さえする。

悲しいはずなのに、胸のつかえがとれ、身が軽くなってもいた。箸をとり、おぼろとご飯をゆっくり嚙《か》みしめると、泣きたくなるような甘さが喉の奥へ奥へと送り込まれていく。それは体の先端にまで広がり、血を巡らせ、青子を初めて温めた。いつか誰かに、こんな風に手の込んだ食事を作ろうと思える日が自分にも訪れるのだろうか。

翌年、野上産業は五百億円の負債を抱え、倒産した。

十　サビ　1992年5月20日

1

新品同様のフローリングの木目は日差しに呑《の》み込まれ、白く発光していた。木が焼けるとまずい——。元不動産業者として青子は一瞬だけ焦ったが、開け放したカーテンから差し込む梅雨入り前の陽光は心地よく、結局そのままにしておくことにした。ほんの少し前までは、ここで一生を過ごすつもりだったのに、今は売り物として厳しくチェックしている自分の変わり身の早さに、青子は自嘲《じちょう》気味に笑う。

荷物はもともと少ない方だから、業者の手を借りずとも荷造りは間に合った。考えてみれば、金をかけていたのは外食ばかりで、さほどブランド物を買い集めたという記憶はない。持ち物はすべて栃木の実家に送ってある。今日の夕方には着くだろう。

カーテンも家具も買い取ってもらえるというので、ほぼそのままにしてある。から拭《ぶ》きで磨き上げたばかりのリビングは、生活の匂《にお》いが消え、早くもよそ者の顔つきになりつつあった。床に膝《ひざ》をついて部屋の寸法を測っていた浦和が立ち上がり、スーツについたかすかな皺《しわ》を神経質そうに伸ばす。

「目立った傷もないですし、新築とほとんど変わらないですね。しかし、あと二十三年もローンが残っている状態で手放すなんて。本木さんは本当に無計画な人間だと思いますよ。会社の倒産を機に東京を去るのは正解です。つくづくあなたはキリギリスですよね」

社長になっても、かつての部下の遠慮のない口調は変わらない。

この不動前駅のすぐ傍《そば》にあるマンションに買い手がつくまで、格安で貸し出すことを提案したのは彼だった。かつての売り手市場が嘘《うそ》のように、最近では都心の優良物件にさえ人が集まらない。相次ぐ倒産後も冷え込みが続く不動産業を横目に、浦和の始めた代行業は好調だ。転勤の多い商社マンをターゲットに留守宅を管理し格安で人に貸し出すというシステムに、持ち家幻想の薄まった今、注目が集まっている。最近ではハウスクリーニング事業も始めたらしい。スタート時は七名だった社員も今は三十三名にまで増えている。つい最近も、ユニークな企業の若きリーダーとして経済誌のグラビアを飾ったばかりだ。上質なスーツを着こなした彼と、古びたカットソーとデニム、すっぴんにまとめ髪といった自分はまさに対極に位置する。浦和が必要以上に居丈高なおかげで、かえってみじめさを感じなくていいのはありがたい。青子は素直に感謝を示した。

「ほんと、浦和君がいてよかったわ。買い手がつくまでの間だけでも、家賃収入があるのは無職の今、助かるわよ。貯金も全然ないし」

「あんなに会社のために昼も夜もなく働いていたのに？　信じられないな」

浦和は水回りやコンセント周辺を丹念に点検しながら、こちらを見ずに言った。倒産後も残務処理のために、青子はほとんどタダ同然の給料で会社に通い続けた。守るべき家族の居ない自分などまだいい。元恋人の大島祐太朗など二人目が生まれたばかりだ。再就職に向けて知人のつてを頼りに駆け回っていると、噂《うわさ》で聞いた。

「貯《た》めた分はここの頭金で使い果たしたし、ほとんど毎日のように外食していたし……」

この十年で「すし静」にいくら落としたか、ざっくりと計算してみたことがある。外車がたやすく買える値段だった。我ながら、信じがたい出費だった。もう二度と人生でこんな贅沢《ぜいたく》は出来ないのだろう。青子は両手を広げ、最近久しくマニキュアを怠っている水気のない指先を見つめる。あそこでの時間は自分の体に溶け込み、血肉になっているのだろうか。いや、そうでなくても構わない。青子は手を引っ込めた。夢のような時間を自分のお金で買ったのだ。たとえ、消えてしまっても、あの手触りは永遠に心に残り続けるだろう。

「数年前が、嘘みたいに不景気だね。今の若い子、就職難で大変なんでしょう？　でも、街を歩いていても、不思議と暗い感じはしないんだねえ。渋谷なんか二、三年前より華やかなくらい」

なんとなくソファにも椅子《いす》にも座りづらく、青子は床にぺたりと座り込み、壁にもたれた。台所の方から浦和のため息混じりの声が聞こえてくる。

「ほとんどの人間がなんの根拠もなく、景気がまた持ち直すと思っているからですよ。日本人のだめなところですね。危機がすぐそこまで迫っていても、目をつぶる。闘うよりも、昨日と同じ暮らしを続ける方をとる。こんなことを続けているうちに今にこの国は取り返しのつかないことになりますよ」

「でた。浦和君の黒い予言シリーズ」

ちゃかしたところで、浦和のつんけんした態度は変わらない。もしかしたら、彼なりに寂しがってくれているのかもしれない。

「栃木で何やるつもりなんですか」

「うーん、父が遊ばせている土地が百坪くらいあるから、何か始めてみようかなって考えてはいるよ。ゆくゆくは畑を任せられる人を探そうとも思っている。でもまあ、まずは私がかんぴょう畑に立ってみなくちゃ。父も母も通った道だもの」

「本木さんが農業？　想像もつかないなあ。でも、これからはパソコンさえあれば日本全国どこに居てもビジネスは出来ますからね」

「買おうかなあ、ほら、発売したばかりの……、Windows3・0だっけ。あ、そうそう、父は見合いしろってうるさいけどね、田舎じゃ三十三歳の女なんて声がかかるとは思えないから、そこは安心。当分気ままに暮らすよ」

「案外、どこにいっても大丈夫かもしれませんね。あなたなら」

台所から浦和が戻ってきて、ごく自然に青子の隣に腰を下ろす。なんだか、授業をさぼって校舎の裏でおしゃべりしているおちこぼれ同士であるような気がした。さぼったことなど一度もないけれど。おそらく、浦和もだろう。

「どうかなあ。私、実家では優秀なおねえちゃんの陰に隠れた押しの弱い妹ってことになってるの。こんなにがつがつ主張するようになったのは上京してからだな」

「本木さんの貪欲《どんよく》なところが苦手でしたけど、最近は見習った方がいいのかなって感じるんですよね。本木さんは、まずその街で一番美味《おい》しいお店を見付けるでしょ。それで足繁《あししげ》く通って常連になる。どんな時でもちゃんと食事する。ささいなことに見えるけど、いつも自分の足場を確保し、満足するチャンスを見逃さないってことなんだろうな」

そんなところを見ていたのか――。およそ食に関心のなさそうな浦和なので、青子はなんだかおかしくなる。

「なにそれ、褒めてるかけなされてるかわからない」

それには答えず、彼はふっと目を泳がせた。

「昨日、生まれて初めて土下座をしました」

「え、今、なんて言ったの？　タカビーな浦和君が人に頭を下げる？」

かつて、接待の席でどうしても動こうとしない彼に代わり、客の靴でドンペリを呑もうとした記憶が蘇《よみがえ》る。今となっては、あの頃の自分は正気を失っていたことがわかる。浦和の判断はいつだって正しいのだ。

「従業員の生活がかかっているから、なんでもありません。かえってせいせいしました。今まで僕が守ってきたプライドってケチでちっぽけですよ。あなたはそんなもの、最初からかなぐり捨てていましたよね。だから『人たらし』なんて言われるんだ」

ふふん、と浦和は笑ってみせたが、口調とは裏腹に眼鏡の奥には疲労の色が濃く見えた。

頑張るんだよ、という気持ちを込めて、青子は軽くその肩を叩《たた》いてやった。

「そんなことないよ。十年間、色々あったけど、結局まともな人間関係築けた相手なんてゼロに等しい。私を惜しんでくれる人なんてもういないよ」

「ミキさんがいるじゃないですか。ほら、あの銀座のママさんの」

「嫌われちゃった」

「すぐ仲直りできますよ」

珍しく取りなそうとする浦和に、それはない、と青子は短く笑う。東京の住まいを引き払って、実家に戻ると告げた時、ミキは激怒した。

――景気が悪くなっただけで、弱気になるの？　そんなに簡単に生き方まで変えちゃうの？　会社の倒産がなによ。私達は同志かと思ってたのに……。

彼女は今にも泣き出しそうだった。不景気は夜の銀座を直撃し、老舗《しにせ》とよばれるクラブが次々に閉店している。若きママである彼女の苦労は想像に難くない。新潟で教師をしている両親に勘当されているから、彼女に帰れる場所はないのだ。一番傍《そば》にいて欲しい時に友を残して、安全な場所に逃げていく自分がどうしても許せない気持ちはよくわかった。あれっきり連絡はない。

かつて祐太朗を奪われた幸恵とも、わだかまりはもうないものの、進んで会うことはない。お互いに環境が変わりすぎた。これぱかりは、どうしようもない。ミキとも幸恵とも進む道が決定的に違ってしまったのだ。誰が悪いわけでもない。男女の仲に過渡期があるように、女友達も心がぴたりと合わさる時期があり、やがてその高まりは少しずつ薄れていく。ずっと続いていく穏やかな友情や愛情もあるのだろうが、ついに自分には手にすることが出来なかった。しかし、一時でも彼女達と強くつながった瞬間があったことを、大切に記憶しておこうと思う。それでいい。今あるものだけでいい。多くを求めすぎると、すべてを失うことがある。

無言のままの青子の横顔に向かって浦和はつぶやいた。

「僕には濃い人間関係に思えますけどね、実際。始まりがあって、終わりがある。そんなに誰かと深く関《かか》わることとなんて、あんまり出来ませんよ」

ざっくりとした気遣いが有り難くて、青子はわざと冗談めかして言った。

「すごいよねえ。浦和君だけは時代にも景気にも影響されないよねえ。口が悪くて、堅物で、とにかく人を信じない」

「あなたが浮かれすぎたんですよ。もう、二度と自分を見失わないでくださいね。破滅的な生き方をしても様になるのは尾崎豊で最後ですよ」

「浦和君、尾崎なんて聴いていたんだ。意外ねえ。ふうん」

四月に逝去したばかりの有名ロック歌手は、そういえば彼と年齢がそう変わらない。彼はまだ若い。これからの人間なのだ。浦和がめずらしく耳を赤くし、怒ったように目を逸《そ》らした。ふっと目頭が熱くなる。どうもありがとう、と青子はかつての部下に小さく言った。日を浴びたフローリングが温まり、香ばしさを放っていた。それは晴れた日の実家の縁側によく似たにおいだった。

2

今夜から朝にかけて雨が降るかもしれない。空気が重さをもって、柔らかくまるく膨らんでいる。傘を持ってきた方が良かったかもしれない。青子はいつ買ったものか覚えていないアニエス・bのジャケットの胸元をかき合わせ、和光前の横断歩道を走り抜ける。

電通の裏にあった老舗イタリアンレストランがいつの間にか、もつ鍋《なべ》の店に替わっていた。最近は鍋料理が流行《はや》っているようだ。食に関しては物怖《ものお》じしない青子ではあるが、さすがに鍋料理を一人で食べようとは思わない。ひとつの鍋をつつき合うなんて、相当親しい相手と一緒でない限り不可能だ。つまり、外食がハレの場ではなく、心を許した相手とむつまじく過ごすための時間になりつつあるということだろう。

八〇年代。接待やデート、個人的な楽しみのためだけに東京中のあらゆる店を渡り歩いてきた。美味しい店を知っているのは一種のステイタスだった。あの頃に比べ、心なしか銀座の華やぎが薄れている気がした。すれちがう会社帰りの男女の顔がどことなく疲れて強張《こわば》っている。おそらくこれからの贅沢は、ささやかで親密なものへと向かっていく。心を許して向き合える相手がいる人間を、青子は今、素直にうらやましいと思えた。

「すし静」の前にたどり着くと、闇《やみ》に浮かぶ店をしげしげと眺めた。これから始まることをすべて目に焼き付けておこう、と決めた。とうとうこれで最後だ。

「いらっしゃいませ」

暖簾《のれん》をくぐると、一ノ瀬さんの太い声がした。カウンターには三名ほどのサラリーマンの客がいた。この位置からの彼はもう見納めだ。白衣から伸びる太い首に下がり眉《まゆ》、いつもこちらに困惑したように見開かれる細い目。彼と視線が重なった瞬間、青子は今夜だけは自分を許してもいいと思えた。

「こんばんは。今日がこのお店に来る最後なの。明日、東京を発《た》つ」

かつて澤見さんが座っていた席に腰を落ち着ける。彼との最初のやりとりを懐かしく思い出す。生きていたら、さよならが言えたのに。初めて「すし静」を訪れたのも、ちょうど夏が始まる直前のこんな季節だった。あの時も、東京の生活に別れを告げようとしていた。結局のところ、十年間の延長だったのだと思う。休みなく働いていても、ここでの暮らしは力ずくで引き延ばした長い猶予期間だったのだ。青子はすべすべした白木のカウンターを撫でる。ひんやりとした感覚や青い香りが名残惜しかった。

「だから、最初はやっぱりヅケから始めようかな。私がこの店で最初に食べたネタだもの」

おしぼりで手を拭《ぬぐ》い、青子は快活に告げた。酢飯が美味しい季節がやってきたのだ。純粋にこれから始まる食事にわくわくしている。一ノ瀬さんの手の中から、握りが生まれるのを息をつめて見守った。いつものように、彼の分厚い手のひらから、ルビー色に輝く握りを受け取った。唇にネタの温度が染み渡る。そう、この味だ。青子の運命を大きく変えたのは。醤油《しょうゆ》味のしっかり染みこんだ鮪《まぐろ》とふんわりとほどける舎利に、自然と目を閉じる。

続けて、あおり烏賊《いか》、小鰭《こはだ》、鯵《あじ》、赤貝、ウニ、と次々に注文していった。

「お店、いつまで?」

「年内には店仕舞いする予定ですが、八月まではまだ開店しているはずです」

「休業の間、一ノ瀬さん、どうするの?」

「はい。大将の古くからの知り合いがやっている、新橋の店で働きます」

いつの間にか、店は二人きりになっていた。今日は何故《なぜ》か、お運びの少年が早退している。腕時計を見るとすでに十時を回っていた。

「そうね、そろそろおしまいにしようかな。最後のネタは山葵《わさび》の巻物をお願いします」

一ノ瀬さんが、ほう、と満足そうに息を吐いた。「すし静」が素晴らしいのはなんといっても、舎利とサビの質とバランスである。何を食べても目を見張るほど美味なのは、土台となるこの二つがずば抜けているからだ。最後を飾るのにこれほどふさわしいネタはない。

鈍く光る漆黒の海苔《のり》で巻かれた細巻を彼の手から受け取る。ここの山葵は伊豆の天城《あまぎ》でとれた三年物を使っているらしい。口に運ぶと、さわやかな甘みの後にすぐ、つん、と喉《のど》から鼻へ山葵の鮮烈な香りが吹き抜けた。その風を堰《せ》き止めるように、中心に巻かれた、心地よい嚙《か》み応《ごた》えの甘辛い何かが歯の間で二つになった。このしなやかな紐状のかたち、さくりと切れる柔らかさ、よく煮付けられた力強くこっくりした味わい。久しく口にしていないけれど、この味を忘れることなんて出来るわけがない。それは生まれたその日から青子の芯だったのだ。ふいに故郷の山並みが蘇る。明け方の空気は青く冷たく澄んでいて、こんな風に全身の細胞が覚醒《かくせい》する。目の前にはかんぴょう畑が広がっていた。そこに立ってこちらを見ているのは若き日の母だ。今の青子と年齢がそう違わない。そうだった。この店に最初に来た時、母のぬくもりを思い出したのだ。母の手から受け取った手作りのおやつと、一ノ瀬さんが握る鮨《すし》に重なるものを見出《みいだ》したのだ。もう大丈夫だと思った。涙が溢《あふ》れ、頬《ほお》を伝い、カウンターに落ちた。山葵のせいに出来るので、青子はあっけらかんと濡《ぬ》れた目で笑いかけることが出来た。

「かんぴょうと山葵ってこんなに合うんだね。甘みが引き立って、すっきりと洗練された味になる。知らないことってまだまだたくさんあるんだな」

「勝手な真似《まね》をして申し訳ありません。本木様、ついに一度もかんぴょう巻を注文されなかったから……。最後はどうしても召し上がって頂きたかったんです」

一ノ瀬さんの姿が涙でゆらめいていた。

「深い意味はない。こんな高級店でかんぴょうが食べられるなんてなんだかしっくりこなかったし……。それに……」

この話を誰かにしたことなどない。彼にしかできない。

「かんぴょうを食べるとどうしても母のことを思い出すから。母はかんぴょうをむく名人だった。太陽が出たらすぐにかんぴょうを干せるように、皮むきは朝の三時から始まるの。寒い明け方、母はユウガオの実の中心に電動皮むき器の芯を立てて、帯状になるように刃物をすべらせていた。簡単なようで熟練した技術を必要とするの。栃木がかんぴょうで有名なのはうちの母みたいな技術者がたくさんいるせい。でも、その丸まった背中を見るたびに、家や畑にしばられる自分の未来を見るみたいで嫌だった。でもね、今わかった。母はしばられていたんじゃなくて選び取ったんだって」

「何故ですか？」

涙はすっかり乾き、一ノ瀬さんの静かな目とはっきりぶつかった。青子はやっと自然に微笑むことが出来た。

「このかんぴょうの味、母の味付けにそっくり。銀座の一流店の味を農家の主婦が作り出していたんだよ。自分のむいたかんぴょうにプライドがなきゃできるわけない。母が選んだように、私もあの畑を選ぶ。いつかきっと山葵に合わせて美味しいかんぴょう料理を作ってみせるね」

もう、時間はない。これがラストチャンスだった。

「お願いが一つだけあるの。最後にわがままを聞いてくれる？」

「なんでしょう。なんでも作りますよ」

「こっちに来てくれない？　最後に一度だけ、こっち側に来て私と並んで座ってくれないかな？」

一ノ瀬さんが大きく目を見開いた。青子は勇気を振り絞り、背筋を伸ばしてじっと彼を見つめた。たった一つの最後の強い欲望だった。

「隣に座って欲しいの。一度だけ同じ立場で同じ目線であなたと話してみたいの」

長い時間が過ぎたように感じた。一ノ瀬さんは喉仏を大きく波打たせると、ふらりと付け場を離れた。そのままカウンターの外へと出て、店の戸を開ける。彼がどこかへ行ってしまったらどうしようと冷や汗を掻《か》いていたが、しばらくして一ノ瀬さんは戻ってきた。

「暖簾、下ろして来ました」

それだけ言うと、彼は店の奥に行き、徳利と二人分のお猪口《ちょこ》を手に戻ってきた。とうとう、青子の右隣の席にすとんと腰を下ろした。緊張が解け、どっと肩を落とす。長く息を吐いた。

「……よかったあ。ああ、長かった」

何故だか笑いがこみ上げてきた。すぐ傍の一ノ瀬さんは子供のようにあどけない表情で、先ほどまで自分が居た場所を見つめている。手を伸ばせば触れられる距離に彼がいる。彼の匂いがした。酢とかすかな海の匂い。体臭はまったくない。

「お客様の目線から付け場を眺めたことなんて、ほとんどないいな。すごく遠くに感じる」

彼が仕事用の口調を捨てていることが、今の青子にしびれるような快感をもたらした。ほぼ初めて目にする彼の横顔をしげしげと見つめる。鼻が高い。かすかにえらが張っている。唇は思ったより厚みを帯びていた。一つ一つに胸が詰まった。

「ここまで来るのに、十年かかったな」

「そうだね」

青子は二つのお猪口に酒を注《つ》ぐと、自分のものに口をつける。

「いつから、私の気持ちに気付いてた?」

「そうだなあ。あのチャラチャラした代理店の男とここに並んだ時かな……。あなた、当てつけみたいな意地悪な目をしてこちらを睨《にら》んでいた。それで、これ見よがしにウニを頼んだろう。ああ、それにしても、軽薄そのものだったな、広瀬って」

一ノ瀬さんがいかにも苦々しげに言い、日本酒をくいと飲み干した。彼が客をあしざまにののしる様子を、青子は信じられない思いで見つめていた。白衣の下にこんな本音を隠していたなんて。

「あら、私はもっと前から。最初にこの店に来た時から、あなたが好きだった。東京に残ることを決めて、羽振りのいい不動産業に転職したのも、あなたに会いたかったから」

「え、そうなんだ。それは……。ええと、その、どうも、ありがとう」

しどろもどろになって、彼は首の付け根までを赤くしている。

「あなた、わりと鈍感だよね。付き合えなくてむしろよかった。こっち側に座って、片想《かたおも》いしてるのがむしろ幸せだったのかも」

こうなったら、ずけずけと言いたいことを言ってしまおう。楽しい、という感覚が久しぶりに体に広がっていく。いくら踏み込んでも相手が逃げない、という自信があると、心は伸びやかに舌はなめらかになっていく。

「俺だって。本木さんがいつか来なくなるんじゃないかって、ずっとひやひやしてた。会計が終わって、あなたの背中を見送りながら、これが最後になるんじゃないかって怖かった。俺、何度も考えたよ。あなたを口説くこと。でも……。正直、本木さんみたいな」

「青子でいいです」

「じゃあ、青子、ええと、青子さんみたいなタイプに鮨屋のおかみさんはつとまらないだろうし、男女の関係になったら、きっとあなたに不安にさせられるだろうと思った。憎むようになるだろうとも思った。そもそもあなたは一カ所に留《とど》まるふうには見えない」

「うーん。あたってるかもしれない。悲しいけど、そうはっきり言われると、かえって傷つかなくて済むな。でも、ちょっとは可能性を考えてくれていたなんて嬉《うれ》しい。ありがとう」

「俺は仕事に集中したいから、誰かに不安にさせられるのは嫌なんだ。傍目《はため》で見ているより、ずっと神経を使う仕事なんだ。朝、起きた時から、もう緊張している。河岸に行くたびに、胃がきゅっと引き締まる。何年たっても慣れないよ」

彼が朝一番に使う水の冷たさを想像する。毎日毎日、これから先もずっと彼は同じ朝を繰り返すのだ。しかし、そうして確実に蓄積されていく経験が、彼の佇《たたず》まいを澄んだ、揺るぎないものにしている。

「来るたびにあなたは違う女の人みたいだった。出《い》で立《た》ちも香りもくるくる変わったんだ」

「え、香り？　ここに来る時は、香水はつけてこなかったんだけど。シャンプーかな。ごめんなさいね」

「違う。俺たち、職人は人一倍香りに敏感だ。あなたそのものの香りのことを言ってるんだよ……。あなたはカウンターの向こうの自由な世界を体現しているみたいだった。青子さんを見てるだけで、時代や東京とつながっている気がした」

彼から見た青子を青子は知らない。自分は自由の中にいたのだろうか。それが誤解だったとしても、きらめきや華やかさを纏《まと》って、この店に持ち込めたとしたら、光栄なことではないかと思った。

「一ノ瀬さんってもしかして、けっこうよくしゃべる?」

「いや、妻にも無口と言われる。もう少し、しゃべって欲しいって」

「でも、里子さんと仲いいんでしょ。見てればわかる」

「全部彼女のおかげだよ。こんな風に仕事に集中できるのは」

「お嬢さんって今いくつだっけ」

「二つ。将来はお鮨屋さんになりたいって言ってる。砂場でよく、鮨の形の砂だんごをつくってる」

「ふふ。感慨深いね。一ノ瀬さんはいくつの時に職人になりたいって思ったの」

「中学二年の時……。不登校だったんだ。家族とも上手《うま》くいっていなかった。みかねた親父《おやじ》が親戚《しんせき》の鮨屋に預けたんだ。今思えば、二流の職人だったけど、いい人だった。十七になった時、ここの大将に紹介してくれたんだ」

彼はぽつぽつと言葉少なに修業時代のことを語った。誰よりも早く店に到着し、掃除をし、親方を待ったこと。自転車に乗って出前を届けたこと。厳しく叱責《しっせき》されるたびに、楽しそうな同年代の学生の姿をうらやましく感じ、そんな自分を恥じたこと。一ノ瀬少年のひたむきな眼差《まなざ》し、ほっそりした体軀《たいく》を青子は思い浮かべた。彼との距離がかつてないほど縮まっていくのがわかった。

「下の名前なんていうの」

「康幸《やすゆき》」

「なんだか、夢見てるみたい」

「そうだね。あなたとこうしているなんて、夢みたいだ」

「ねえ、康幸さん、手をつないでもいい？」

「いいよ」

青子はカウンターの下で彼の手にそっと自分のそれを伸ばす。分厚くて、やわらかくて、なめらかな手だった。数え切れないほど水をくぐってきたせいで、水そのもののようにひんやりと心地よく冷たい。人間のものではないように思われた。

「神様みたいな手」

「そうかな。水をくぐって荒れた、ただの手だよ」

「一ノ瀬さんがいつ、どんな姿で、どんな場所で働いていても、私は見つけ出す。この手を決して忘れないもの。忘れられるわけがないもの」

本当は、その手を取って頰ずりしたかった。唇をつけたかった。しかし、性急にむさぼっては、すべてが終わる気がした。だから、青子はただもう一度だけ手をにぎり返す。

「この手をずっとにぎりたかったの」

一ノ瀬さんの方も青子の手を強くにぎった。互いに指の股《また》までしっかりと組み合わせ、手のひらをぴたりとつける。

青子の手の方がよほど骨張っていて乾いていた。まるで、自分が彼を包み、外界から守っているような錯覚を覚えた。青子は今、自分の指先に温かな血が流れていることがはっきりとわかった。青子の熱が徐々に一ノ瀬さんにも伝わっていく。二人の体温が手のひらを通じて解け合っている。自分の持って生まれた温かさと強さに、十年かかって青子は初めて気付いた。私の体には血が通っている。思っているより、ずっと力に満ちている。だから、きっと生きていける。明日からも。

二人は指をしっかりと絡め合う。時間がゆるやかに流れていく。もう手を放さなければ、と青子は先ほどから何度も自分に言い聞かせている。彼の手をほどいて、この店を後にしなければ。明日、午前中の東武伊勢崎線で故郷に帰らなければならない。

自分の手で一つの暮らしに幕を下ろし、あたらしい風に身を任せる。今度は決して、自分を見失ったりはしまい。これからは「すし静」にはもう通えないけれど、揺るぎないものは青子の中にある。彼もまた、頭の半分では早朝の買い出しと仕込みのことを考えているのだろう。仕事と里子さんとお嬢さんが彼の中心にあるのは動かしようがない。それが大人の暮らしだ。頭にあるのは常に明日の段取りと他人のことばかり。それを、寂しいだなんて思わない。そうやってこれから先も生きていく。

それなのに。

お互いに、手をほどく意思が一向に生まれないのが指先から伝わってくる。言葉で表したら、視線を絡めたら、すべてが溶けてなくなってしまうと知っているから、二人は無言でただ前を向いている。冷たいはずの一ノ瀬さんの手はもはや青子のそれより温かく、ねっとりと汗ばんでいた。自分の体温がそうさせているのか、それとも彼の体に炎がともったのか。わからないけれど、今は一瞬でも長くつながっていたかった。

熱を増していく肌の隙間《すきま》で、夜だけが更けていった。

解説

荒木美也子

「荒木さんは、確か女性総合職一期生でしたよね。小説はほぼ書きあがっているんですけど、当時を知っている人が読んでどうなのか……感想をちょっと訊《き》かせてもらえたらありがたいんですけど――」

電話の相手は、知り合いの編集者のI氏。私なんかに頼むのに、恐縮しておられ申し訳ない！と思いつつ、どんな話か訊《たず》ねてみたところ――バブル期前後のOLを主人公にした小説とのこと。

ふむふむ。で、どなたが書かれたのか訊ねその答えをきいて唖然《あぜん》。だって、当時、まだ幼稚園児の柚木麻子さんが著者だというではありませんか？

それに、柚木さんといえば、『早稲女、女、男』『ランチのアッコちゃん』『伊藤くんAtoE』など、まさに、〝今〟を生きる女性たちの和気藹々《わきあいあい》とした友情の、人呼んで【白柚木】や、鋭く女の内面に踏み込んだ劣等感や嫉妬心《しっとしん》までえぐり出すような語り口の【黒柚木】で、既に、20代から30代の女性読者や文芸評論家の方々から共感や高い評価を得ている作家さんですよ。

柚木さんに、今の女性を描いていただきたいと、各出版社の編集者が列を成して待っているなか、どうしてバブル期のＯＬ……と、Ｉ氏と柚木さんの新たな企《たくら》みの意図が分からず私の中で沢山の「？」が生まれました。

私の探究心に火をつけられた、いや、それより、柚木さんのこれまでとは違った切り口の新作をＩ氏の次に読めるなんてこんなチャンスは2度とない！と。Ｉ氏が全《すべ》て語り終わらぬうちに「はい、こちらからお願いしてでも読ませていただきたい！」と返事をしておりました。

今は、映画のプロデューサーなんて肩書の仕事をしていますが、一九八五年に大学を卒業した私は、関西系の総合商社Ｓ商事に入社いたしました。雇用機会均等法が施行される前年で、男性は総合職、女性は事務職しか選べなかった時代――『その手をにぎりたい』はそんなバブル期の少し前から始まります。

「高級鮨店《すしてん》のカウンターに座るのは、二十四年間の人生で初めての経験だった」という冒頭の一節を読んだ時、私より二つ年上の、主人公青子《せいこ》と同じ栃木出身の従姉《いとこ》の姿が重なっていくのを感じました。

青子が生まれたのは、昭和三十年代半ば。

その頃は、まだ東北自動車道も開通しておらず、祖父母の家があった栃木県壬生町まで車だと東京から約4時間、東武浅草駅からでも3時間近くかかっておりました。干瓢《かんぴょう》と苺《いちご》の畑が広がっているような、とても長閑《のどか》な田舎町でした。

当時、祖父母の家に親戚《しんせき》が集まった時に食べるお寿司《すし》といえば、干瓢や干し椎茸《しいたけ》や高野豆腐の入ったちらし寿司か巻寿司。

今は格段に流通もよくなり、栃木のスーパーにも、東京と変わらぬ鮮度の生魚が並ぶようになりましたが、当時、栃木でお鮨屋さんから出前を取っても「子供たちは、お腹《なか》を壊すかも」と親に食べさせてもらえませんでした。

そんな生魚が食卓に並ばぬ環境で従姉は育ってきましたので、青子と同じように、お鮨屋さんに行っても何からどう注文していいのかさっぱり分からない、いやそれどころか、お鮨屋さんは、足を踏み入れてはいけない場所のように思っておりました。

また、当時は、女性が短期大学に進学するのが全盛期で、就職も四年制大学卒より短大卒が有利と言われておりました。

小説のなかで、「女の子はクリスマスケーキと同じだからねえ」という社長の近藤の台詞《せりふ》がありますが、今の時代、こんなこと言ったら、セクハラ・パワハラ・モラハラで即アウト。でも、当時は、言う方も言われる方も全く問題発言とは思わぬ時代でした。

私が入ったS商事でも、事務職は、結婚したら退職することは、不文律ながらも公然たる事実でした。

それと同時に、事務職は3年間で退職するのが幸せな形——滞留せず3年毎《ごと》に交代していくのが、会社の経営的にもいいのだと暗に教えてくれる上司もおりました。

更に、会社の人事は、総合職の男性の為《ため》にお嫁さん候補として事務職を採用しているのだと、実《まこと》しやかに言われておりました。

そんな時代とはいえ、25歳を前に田舎に帰って親の勧める見合いをし、結婚するのが幸せなのだと決めていた青子の人生を「すし静」の鮨がいきなり変えてしまう展開には、読んでいて驚かれた方も多かったのではないでしょうか？　柚木さんファンの、バブル期を知らない若い世代の読者がこの小説を読むと、フィクションとして面白くなるよう、柚木さんがかなりデフォルメして書いているように感じたかもしれません。

でも、今から思うと、絵空事のようなことが人生の転機になったり、現実として起きていたのが、まさにこの時代でした。

事務職3年目を迎え、退職へのリーチがかかった春、私は、学生時代から付き合っていた彼と、翌年春に、結婚することを決めました。

社会人としての将来が見えず、人生の再就職先をと、かなりの圧力で、私が彼にアピールしたからでした。

ところが決まった途端、これで本当にいいのだろうか?何か違うのでは?と、突然自分の中で、青子のような疑問が湧《わ》き出てきたのでした。

その年の秋、S商事は、初の総合職への女子学生の採用と、事務職から総合職への転掌試験を行うことを発表しました。

私は、一度しかない人生、後悔しないようチャレンジだけはしようと、彼に何の事前相談もせず転掌試験を受けることを決めました。試験、面接を経て、合格の内定を受けた数日後、私は、たった一人で、以前上司が接待で使用し連れて行ってもらった高級天ぷら店のカウンターにおりました。

結果が出るまで応援してくれていた同僚、先輩も、まさか私なんかが受かるとは思っていなかったのでしょう。受かった翌日から、それまで一緒に社食でランチをしていたのに声をかけてもらえなくなり、それは偶然ではなく意図をもっているのだと分かりました。

溢《あふ》れる涙を悟られまいと、「今日は外でランチしてきます」と明るくオフィスを飛び出しました。こんなことでめげない自分になりたい、そのために、パワー充電するぞ、と。

ところが、勢いよく飛び込んだものの、何から頼んでいいのかさっぱりわからず「45分間で食べ終わるようにお願いします！」と、青子のようにお任せでお願いしました。

海老《えび》、鱚《きす》と淡白な味の食材のものから油に入れられていきました。職人さんの「これは塩で頂くのがよろしいですよ、さあ」の声にあわせるように、揚げたてすぐで食した瞬間自分の口のなかに、旨《うま》みが音をたてるように広がっていきました。接待の時も美味《おい》しいと感じていたのですが、その時とはまた違う深い味わいで心が満たされていったのでした。

小説でも、青子は、一ノ瀬の掌《てのひら》から直《じか》に鮨を受け取って食べる「初体験」をします。一番美味しい状態で味わっていただきたいとの一ノ瀬の思い。そして、その時ふと触れた一ノ瀬の手を経た鮨から得られた快感が、それまでの24年間の青子の概念を覆し、新たな東京での一歩を踏み出す決意へと変わるのでした。

その一節を読みながら、ぐっと拳を握りしめ、きっといつか分かってくれる日がくると自分に言い聞かせ、天ぷら店からオフィスに戻ったあの日のことを、走馬灯のように思い起こしました。因《ちな》みに、3年目の事務職には、社食のランチ一ヶ月分くらいのとんでもない贅沢《ぜいたく》でしたが（笑）。

小説では、「すし静」の常連客、青山の骨董店《こっとうてん》の澤見《さわみ》さんは、「すし静」のガリのように、独特の味わいある人物として、そして、青子の成長を見守る重要な役割として描かれています。ところが、そのまま、じっと見つめる存在として澤見を置いておかないところが、【黒柚木】の真骨頂。更に、主人公・青子に【白柚木】と【黒柚木】

の両面を見え隠れさせながら、時代を、男を、乗り越え生きて行くさまには、青子の行く末は?と、先が読めず、ドキドキさせられました。

それは、バブル期という時代そのものが、そして、その時代の価値観全てが、何が真実で正しく、何が虚で間違っているのか、一切分からなくなったことを捉《とら》えて、敢《あ》えてそうしたのではないかと……この時代を知らないはずの柚木さんに、いつの間にか、一本取られていたと思わずにはいられませんでした。

後日談でありますが、I氏に感想をお伝えしたあと、柚木さんご本人から、小説のブラッシュアップのために、急遽《きゅうきょ》取材をしたいという申し出があり、お目にかかりました。その時に、柚木さんの中で生まれたアイデアの一つが、青子が山葵巻《わさびまき》を頼み、一ノ瀬が干瓢の山葵巻を出すくだりです。

でも、まさかこの素敵なやりとりのあと、最後のわがままに繋《つな》げるとは——完成された小説を読んで驚くとともに、この結末には賛否両論起こることまで予期し嘲笑《あざわら》う【黒柚木】の柚木さんが思い浮かびました。

そして、もう一つの驚きは、刊行後I氏に柚木さんと一緒にモデルとなった浅草のお鮨屋さんに連れて行っていただいた時のことでした。下世話な私は、一ノ瀬さんのモデルとなった、〝その手〟に触れることが出来るのではと密《ひそ》やかな期待を抱いておりました。ところが、カウンターの向こうには、昭和を生きぬいたような、70歳前後の大将のお姿のみ。

柚木さんの中のとてつもない妄想があの一ノ瀬さんを生みだしたことに驚き、思わず柚木さんの方を見ると、そこには、初々しく頬を染め、大将の掌から直に受け取り、目を閉じヒラメを味わう【白柚木】の乙女が！

カウンターを挟んで青子と一ノ瀬の幻影を見たような、そんな感慨を憶《おぼ》えた瞬間でした。

最後に、小説の中に、銀座線の車内が駅の前で一瞬電気が消えるという描写がありますが、この解説を書いている時に、当時の車輛《しやりよう》が特別仕様で復活するニュースを目にしました。

この小説を読んだ方で、青子気分を味わいたい方は、特別車輛の銀座線に是非ご乗車くださいませ。

（あらき・みやこ／映画プロデューサー）

―本書のプロフィール―

本書は、二〇一四年二月に単行本として小社より刊行された同名の小説作品を文庫化したものです。